好日子就要来了

东紫 著

北京出版集团公司
北京十月文艺出版社

1

迫使王安南走进妙缘婚姻介绍所的是他母亲乔红的大字报。

乔红的大字报在家里是最有权威的命令。乔红在那个大字报流行的年代里，厌倦了和老王家的人说话，外面的墙壁上到处是别人贴给她的大字报，在家里则都是乔红贴给姓王的人的——王安南和父亲王江山。比如厨房里是：王江山不要把水管子开得太大！王江山炒菜不要放酱油！而卫生间里的则是给王安南的：王安南不要忘记冲厕所！！！王安南便后要洗手！！！三个感叹号，比厨房里的多两个。

王安南不要忘记冲厕所！！！是王安南最早认识的几个字。王安南每天蹲厕的时候就盯着它们，十年如一日。直到王安南读高一的时候，母亲才确信他已经养成了良好的习惯，亲手撕掉了大字报，露出一块洁白的墙壁，像条新买的白毛巾。

1997 年 6 月 3 日傍晚，办公楼南边花园的排椅上，两个热恋的学生倚靠在一起，男孩轻声哼唱着生日快乐歌。王安南拐过楼角往岔路上走的时候正看见他们的背影。听着男孩子的歌声，他突然想起今天也是自己的生日。35 岁的生日。不忍惊扰了别人的爱情，他悄悄折回到花园东侧的道上。走出十几米，还忍不住回头看了看甜蜜哼唱的男生。爱情，不谙生活之累的爱情多么迷人啊。王安南在心里感叹着。回想着自己二十年来所经历的爱情，走到了家门口。开门锁的一瞬间，他想起二十年前，也是这样的夜晚，也是这样晴朗的星空，心里溢满甜蜜和快乐的他看见了母亲贴在他书桌上方的警告：王安南不准谈恋爱！！！第一眼，他以为自己看到的是：王安南不要忘记冲厕所！！！他给自己露出了一个歪扭的笑，嘲笑他的母亲终于有了昏头的时候。第二眼，他的眼珠子和他刚刚扭动的嘴角就僵在了那里。后背都僵了。他的母亲和妹妹，两个姓乔的人站在他背后。母亲说，看仔细了，给我记到心里去，否则，后果自负。母亲说完转身往外走，抬起的右手轻轻地落在妹妹的头上，妹妹伸出长长的尖尖的舌头对他发出了似猫非猫的声音。

他拧开门锁，看见客厅里父亲把身子躬在茶几上，一手托着老花镜，一手翻着报纸。母亲正在聚精会神地看琼瑶的电视剧《一帘幽梦》，眼里满含着泪水。他迷惑不解地看着母亲的泪眼，看着多年来一直饱胀着严厉、鄙视、骄傲、憎恶的眼珠泡在水里的样子。母亲老了。他想道。老了的母亲没有力量对这个世界鄙视了，没有力量憎恶，甚至没有力量严厉，没有力量骄傲了。夜复一夜地泡在虚幻的爱恨情仇里，躲避到另一个世界里了。

他轻轻地说，我回来了。

父亲抬头看了看他，嘴角往母亲的方向撇了一下。父亲的动作让王安南心里一揪，很长时间父亲没有用这样的肢体语言了。他给父亲抬了下眉毛算作回应，蹑手蹑脚地走进自己的房间，蹑手蹑脚地插上房门。转身的瞬间，他明白了父亲的嘴角，他盯着书桌上方母亲强劲有力的行草，不由自主地做了一个和父亲相同的动作。

王安南你如果还不结婚就永远不要进这个家门了！！！

字是用上好的墨汁写的，散发着浓烈的墨香。这和以往有些不同。以往母亲写给这个家里的大字报都是用劣质的墨写的，那些字有一种特殊的臭味，以至于，王江山和王安南只用嗅觉就知道他们又有了新的问题，新的命令和新的任务。好的墨汁是母亲用来在宣纸上写字画画的，偶尔也用来写一点关于妹妹乔超红的喜报和表扬。

或许是由于墨香的原因，王安南第一次面对母亲的命令有了一种酸楚的感觉。母亲老了，自己也很快就要老了，老了的母亲和很快就要老了的自己在这一天都被同一个问题纠缠住了。一路上，王安南心里最强烈的念头是——不应该再开母亲的门锁了。他应该开自己的。自己的门锁。里面坐着的不是那个永远用审视的目光看他的母亲，应该是一个有着父亲一样目光的女人，最好是一个漂亮的女人。或者，里面干脆什么都没有，只有一把门锁，打开后，里面就有自己，就只有自己。他小心地扯下大字报，拿到鼻子底下闻了闻，然后，他来到客厅。电视里已经在出演职员表，母亲的眼珠已经干涩如石。母亲看着手里拿着大字报的儿子，目不转睛。父亲紧张地看着她和王安南。

王安南说，今儿我可是揭了皇榜了，我会完成任务的，我很快就会结婚，请你们放心，很快，很——快——。王安南说这话的时候，看着窗子外面晴朗的星空。说完了，还是看着，好似那星空底下就站着一个早已约好和他结婚的人。

2

王小丫一直痛恨自己的名字。直到中央电视台出现了开心辞典，出现了一个漂亮的总是很洒脱地伸出右手给全国人民出题的王小丫。王小丫才对自己的名字开心起来。但这是很久以后的事了。

王小丫有两个姐姐一个弟弟。大姐叫王云霞，二姐叫王彩虹，弟弟叫王耀祖。王小丫上小学的第一天，老师说，小丫，回家叫你爹娘给你起个大号。王小丫兴高采烈地对她爹说，爹，老师让起个大号。他爹将手里的半截煎饼卷塞到喝了一半的咸粥碗里，眼睛看着煎饼在咸粥里慢慢地像人伸懒腰一样伸展着，王小丫和她的大姐二姐还有王小丫挺着大肚子的娘一起看着爹碗里的煎饼，等待着。爹用筷子夹起煎饼送进嘴里，然后小丫的大号就伴随着煎饼的碎渣出来了——就叫王小丫吧。

王小丫的娘说，这哪里像个大号，再起一个吧。王小丫的爹说，有本事你起啊。爹说完这话，也喝完了咸粥，起身出去了。大姐说，小丫你叫王彩霞吧。二姐说你叫王云彩。小丫觉得王彩霞和王云彩都特别好听，拿不定主意。妈，你说我叫哪一个？王小丫她娘看着丈夫的背影，抚摩着自己的大肚子说，听你爹的，就叫王小丫。不，这不像大号，我叫王彩霞，我叫王云彩！娘说，小丫，听你爹的，就叫王小丫，别气着你爹，要不，你爹就不叫你上学了。

王小丫她娘知道丈夫对王小丫满不在乎的态度实际上是对她的。王小丫出生的时候，王小丫她爹就说了，任何事情都再一再二不能再三，你怎么这么无能？竟然还是来了个再三！王小丫她娘想着想着，眼睛里就有了红色，脸上也有了红色。她愧疚地对小丫说，都怪娘不好，娘这次要是能生个弟弟你就有福了。王小丫给娘擦着眼泪说，娘，你别哭了，我叫王小丫还不行吗？王小丫她娘看着王小丫脏兮兮的小肚皮上那个脏兮兮的肚脐眼，看了一会儿说，你的肚脐眼跟你俩姐姐的都不一样，从你的肚脐上看，娘这次肯定能给你生个小弟弟，要是生个小弟弟，那么小弟弟就是你带来的，你到时候想叫什么大号你爹都会答应。那我的小名是不是也可以不叫小丫了？娘说，能。王小丫特别希望自己的小名和邻居家的媛媛重名，媛媛她爹常常把媛媛扛在脖子上，媛媛还有很多新衣服和一个穿红底小白花裙子的布娃娃。

王小丫从这一天起叫王小丫了。

王小丫她娘到底给王小丫生了个弟弟。王小丫的名字却没改成。起先因为王小丫她爹只顾给儿子起名了。后来是王小丫自己忘了改名的事，她已经习惯了自己的名字。王小丫她爹给儿子起了很多个名字，王成功、王栋梁、王欢喜、王家乐、王乐怀、王耀祖、王耀宗、王光耀等，最后由王小丫她娘定夺为王耀祖。等后来，王小丫进城打工，发觉自己的名字土得掉渣想改的时候，派出所已经不答应了。

王小丫爱她弟弟。因为有了弟弟后，爹对王小丫好了起来，仅次于喜欢她弟弟。

3

　　接待王安南的是妙缘婚介所的老板娘王红云。王红云是王小丫本村的远房姑姑，王小丫当初正是通过王红云来到了这个城市，先是在一家小饭馆里洗盘子洗碗，后来在王红云表姐开的店里打工，再后来，翅膀硬了的王小丫辞职单干了，但这在表面上并没有影响王小丫和王红云的关系。这得益于王小丫经常帮王红云的忙。王红云深知婚介所这个行当的秘诀，也深知人生的秘诀，她自己称之为钓鱼理论。她总是把一些条件好的客户尽量地延长他们在她的登记表上的时间，这样，他们就会成为她的诱饵，吸引更多的前来应征的男人或者女人。她的登记本上每多一个人，她的钱包里就会多出三百元来。她常常对王小丫说，你以为世界是个什么样子，就是一个大钓鱼场，每个人既是别人要钓的鱼，又是自己的诱饵，钓与被钓，就构成了每个人的一生。王小丫已经在王红云的登记本上待了五年，经常在王红云人手紧缺的时候友情出演一下。

　　王红云看见王安南的第一眼就断定此人会成为她的"人力资源"。她看着推门而入的王安南，在站起身的瞬间，不动声色地深吸了口气，把在无聊的等待中飘散开的热情和精神回笼到体内，她原本慵懒的面颊上顿时散射出老朋友的热情。在经过一番温度适宜的攀谈之后，王安南填写了一张征婚登记表，从钱包里掏出了三百元钱。王红云用左手的两个指头捏起王安南的钱，像捏着一团擦鼻涕纸一样漫不经心，不屑一顾。她用右手紧紧地握着王安南的手说，你既然走进我妙缘的门，就说明我们有缘分，就说明你信得过我这个当姐的，你就放心好了，我手里有几百个优秀的女孩子呢，厚厚的三大本，不巧的是工作人员临时有事出去了，钥匙忘了留下，要不你现在就可以挑选呢。我一发现合适的，就和你联系，保你一直找到意中人为止。王安南的心里温暖如春，他握着王红云的手，身体很是感激和信任地向前弯了一下说，拜托您了，您多受累，谢谢，谢谢。松开手后，又觉得自己的感谢之意没有表达彻底，抬起被王红云紧紧握过的手再一次说，太感谢了！

王红云看着王安南的背影，双手拽住钱的两端，抖出唰唰的声响来，王红云对一直默默地看着她的两个员工——她的俩侄女——王菊花和王桂花说，瞧，瞧见了没有？半个小时就搞定了！这可不仅仅是三百元的问题啊，抓住这种条件优越的人，就抓住了商机，这可是上好的诱饵啊，会引来很多鱼的！你俩跟着我多看多学，咱这买卖好了，还怕你俩的钱包不鼓囊囊的？

王菊花和王桂花一齐伸了头来看王安南的登记表，两个人发出了一个声音，她们顾不上埋怨对方，各自揉着自己的额头，对着王安南的登记表读出声来。

王安南，男，35岁，178厘米，研究生毕业，大学老师，无婚史，家庭成员：父亲王江山，大学教授（退休），母亲乔红，高级工程师（退休），妹妹乔超红，博士，美国。要求对方在25~30岁，无婚史，温柔漂亮贤惠，通情达理，有爱心，有责任感，为人宽容宽厚，有奉献精神。

有奉献精神，这人有意思，都什么年代了，还要求别人有奉献精神。王菊花说。找有奉献精神的，他应该找 50 岁以上的。

那是找妈，不是找媳妇，净扯鸡巴淡。王桂花说。

看你们这哪像女孩子说的话，女人啊，就要把自己打扮成温柔贤惠甘于奉献的样子，要不就找不到如意郎君。王红云教训她的俩侄女。

就钓不着大鱼。王桂花学着王红云的腔调给了王菊花一个鬼脸。

王红云拿钱的姿势给王安南留下了深刻的印象。那两个捏着钱的手指对钱表现出了一种怎样的从容啊。他想着王红云的话——我啊，不为别的，就为能帮助别人感到心里快乐，就和你们老师一样，我啊，天生就是个热心肠，就愿意当红娘，给人家帮帮忙。王安南不知道当红娘和当教师有什么相似之处，但他从没见过一个教师能把钱拿得和王红云一样不屑一顾。他在心里盘算着，仅仅投入三百元钱，就能把那个藏在人海里的注定和自己相守一生的人找出来还是很划算的。

4

　　有了钱的王小丫越来越漂亮，她垫高了自己的鼻梁，割了双眼皮，文了眉毛眼线，漂染了嘴唇和头发，她隔三岔五地光顾美容院。她容光焕发。她学会了用鼻腔发出柔和的声音，把每一个汉字咬得像棉花糖一样柔软。她像这个省城里的漂亮女人一样，走起路来昂首挺胸，目不斜视，边用尖尖的高高的鞋跟敲击路面边在手机里用娇滴滴的声音和男人们讲话。

　　可她知道自己和她们是不一样的。她只是很辛苦地让自己看起来和她们一样。她总觉得和她们比起来，自己的心里有一块地方是空的，这块空的地方有时候会发出很大的回音，就像一间空荡荡的屋子。每天关了店门，静下来，一个人睡在店里，听着街道上的车来车往，王小丫知道自己心里头那块空地渴盼着比爱情更大的东西来填补。这种东西最好和爱情搅和在一起。这样，王小丫在这个城市里就会更加茁壮成长，来了风雨也不怕。

　　心里空得难受的时候，王小丫最愿意往妙缘婚介所跑，王菊花和王桂花对她的崇拜和赞美是安慰王小丫的良药。在王菊花和王桂花的面前，王小丫就像一个被松了绑的人一样，浑身轻松，血流通畅，她粗着声用家乡的方言大声说话，每个字都在唇齿间欢快地碰碰撞撞。尤其是当她带着几件淘汰下来的衣服来的时候，看着两个和自己年龄一般大的女孩子在为着自己小小的施舍争得面红耳赤的时候，王小丫的心里顿时就会被一种骄傲塞得满满的，她就会发现天是那么的蓝，云彩是那么的白，呼吸是那么的顺畅，她自己是那么的漂亮。

王小丫常常由衷地对王菊花和王桂花说，其实我很感谢你俩，你们俩给我很多的帮助。

王菊花和王桂花就会争先恐后地说，小丫姐，你搞颠倒了，每每都是你帮咱呢，咱哪里帮过你，不过，我俩留心着呢，到哪天咱给你抓个金龟婿来。

王小丫矜持地说，我不着急，你俩倒该是给自己留意着，早一天抓住个人嫁了，从此就有归宿了不是，在这么大个城市里活，可不比在咱们村里，在这里是需要扎根的。

王菊花说，咱才不着急呢，咱也没有着急的本钱，这城市里的地都是水泥的，只有小丫姐你这种特有本事的才能在这儿扎住根呢，咱白搭，咱一没漂亮的脸蛋子，二没本领没学问，三没皇亲国戚，找也只能找下岗的，吃不上饭的，住不起房的，还不如回家呢，咱这在外闯荡过的，手里攒点钱，回去，说不准还可以挑挑选选呢。

王桂花说，不想当将军的士兵不是好士兵，城里多好啊，我要学小丫姐，自己干事业，让这城里的男人跪倒在我的石榴裙下。

王小丫说，我哪有什么事业呀，就是挣口饭吃，你是没见人家那真有本事的，名牌大学毕业，外国鬼子的话随口就往外出溜，张嘴就是出国啊，托福啊，party 啊，沙龙什么的，男人的眼珠子都粘在她们身上，咱们说到底和人家是不一样的，咱没文化，孤单单地在人家的地盘上混，就是再有钱，心里也觉得空落落的。

王桂花和王菊花都不赞成王小丫的说法，尤其是王桂花，她说，嘿，小丫姐，你是当局者迷，手里有钱反而不知道有钱的好处，忙挣钱都忙糊涂了不是，这年头，除了钱什么都不实在，那些动不动说外国话的女人归根结底还不是都为了钱，何况她们，就连那些大明星，又漂亮又出名，到底了还不是嫁个离婚的半老头子？为的啥，还不是为钱？好多大学生还卖淫呢，看看每个人都把自己打扮得人五人六的，该骄傲才是，干吗一见着有钱有权的男人就都用鼻子说话啊，装得娇滴滴的，小鸟依人，为啥，还不是为着钓人家口袋里的钱，钓好的日子过？什么学问不学问的，都是钓人家用的招牌。她们可比不上你，你是自己创业的，自己挣钱，不靠男人。咱们附近几个村里你是最有本事的，除了你还没人在城里当老板呢！

一席话说得小丫心里美美的，心里的那块空地上顿时长满了寸长的茂密小草。

5

王红云把王安南的三百元钱抖出唰唰的声音时，一个大胆的创意在她的脑子里茁壮生长起来。当天下午，她带着要大干一番的决心走进了广播电台，她要把她的妙缘婚介所开到这个城市的空气里，开到人们的耳边，把王安南们送到每一个向往嫁个金龟婿的女人耳朵眼里。

王安南和王小丫都是在出租车上听到征婚广告的，这在他们后来的蜜月中曾屡屡被提起，被回忆，被发酵，他们认为这就是一种缘分，一种天赐的妙缘。王小丫说，她是从来不听收音机的，可是那天晚上她有一种莫名的冲动，没什么事，就是觉得想出去走走，可她一个女孩子又不敢单独在街上溜达，她就搭了辆出租车大街小巷地转，那天晚上天在下雨，很大的雨，就像世界已经不存在了，心里特别空落，就在这时，司机师傅扭开了收音机，她听见了妙缘天空，听见一个温柔亲切的声音轻轻地告诉她，某男，35 岁，英俊潇洒，多才多艺，大学老师，重感情和责任，欲在茫茫人海中寻觅知己爱人。那个温柔的声音和那个在雨夜里等待寻觅知己爱人的大学老师一下子让王小丫的世界恢复回来，从即将被大雨冲走的失落里牵拽回来，这一刻，是命运在告诉自己，那个在雨夜里等待的人就是自己要找的人，那个人等待的就是自己，这就是缘分，是一种绝妙的缘分。

那天晚上的确在下雨，6月28日的晚上，大雨倾盆，王安南坐在回家的出租车里，一趟又一趟地路过自己的家门口，他知道身为电子行业高级工程师的母亲绝对不会在这样的夜晚看电视的，这样的夜晚最常用的打发时间的办法就是数落老王家人的千万种不是，老王家人的迂腐和弱智。王江山已经没有救了，王江山已经退休了，已经被数落了近四十年也没有进步。王安南就不一样了，王安南正当年，正是血气方刚容易犯错误的年龄，容易沉迷于酒色不思进取的年龄。乔红坚定地认为王安南迟迟不结婚的根本原因就是为了以恋爱的名义以单身的身份和女人乱搞。这么多年来，她看见过不下十个女人傍在儿子的身边，可那都是些什么女人啊，一看就是些极为弱智的女人，打扮得风情万种，搔首弄姿，没有一个是正正经经既能做学问又能辛苦持家的女人，儿子本身就不肖，若没个正经八百的女人约束着扶持着，儿子这辈子就算完了，儿子不是存心胡闹就是审美有问题，她一想起儿子曾经为着一个小中专毕业生，一个小护士跟她闹分裂，闹离家出走的闹剧，她的心就痛。女儿是不用自己操心的，女儿比自己更优秀，可这个儿子什么事都让她不放心。乔红焦躁地等待着王安南，她一定一定要重申自己的观点，免得说晚了，儿子再领回个需要人伺候需要人用钱供养的花瓶来。

王安南坐在出租车里一遍一遍地路过家门口，一遍一遍地模模糊糊地看母亲在窗前的等待。司机左手扶着方向盘，右手不停地按收音机的调频按钮，跨过一个个频道定格在情感天空上，一个女人用哀怨的声音在里面控诉丈夫的背叛，女人泣不成声地说，帮我想想办法吧，我怎么才能让他回心转意。主持人说，你不能哭，哭是解决不了问题的，你尤其不能当着他的面哭，这只会让他心烦……嗨，屁话，司机说。司机的手指再按几下按钮，转到另一个女人的声音上，一个像是趴在别人的耳边说悄悄话的声音说，下面是二位先生的来信，第一位说他刚刚十八岁，可是每当他见到漂亮的女孩子就会射精，问该怎么办；第二位先生说，他的阴茎只有两厘米长，问该怎么办。我想请这两位先生在下面插播征婚广告的时候再给我电话，第一位先生请告诉我您是和女孩子比较长久地在一起时自己激动起来射精，还是看见女孩子就射精，这有助于我帮助您诊断；另一位先生请告诉我你量阴茎的具体方法，这是很重要的，下面我来回答第三位先生的问题，怎样手淫才能最大地释放自己的性能量……司机兴奋地按了一下喇叭说，肏，这主持人的声音真迷人，听着就让人受不了，我敢保证很多人听这个节目手淫。王安南看见家里的灯熄灭了，他长长叹了口气。最正确的手淫方法是要找一个不被别人打扰的时间和空间，心里想象着美好的事情，手指要轻柔地抚摩，不能太过用力，否则……王安南觉得自己的私部已经在膨胀，不好意思地夹紧了腿，他已经开始相信司机的话了。他对司机说，真不敢相信，现在都有这样的节目了。下面请听妙缘婚姻介绍所为您提供的征婚天地，今天为大家隆重推出的是一位英俊潇洒的大学老师，35岁，多才多艺，重感情和责任，欲在茫茫人海中寻觅知己爱人，如果您是一位芳龄在25~30岁，无婚史，温柔漂亮贤惠，通情达理，有爱心，有责任感，为人宽容宽厚，有奉献精神的有缘人，请到妙缘婚姻介绍所应征，联系人王红云。王安南的脸像是猛不丁地被人抽了一巴掌，他膨胀起来的部位猝然倒塌，他对司机说，停车。

王安南对王小丫说，那晚的确下雨了，那的确是个让人难忘的夜晚，下雨的时候非常容易让人伤感。王安南说，这样的时候猛然听到自己的征婚广告，觉得心里很是安慰，觉得自己的孤单真的有了结束的希望，他觉得在这样的时候对他有回应的女孩子该成为他的妻子。王安南是顺着王小丫的意思说的，他这么说的时候显得很忧郁很迷离，他的大脑在回想自己那晚一遍遍路过家门口，自己私部的膨胀和猝然倒塌，想起自己那晚悄悄地回到家里对自己进行了疯狂的手淫，手法粗鲁有力，为自己35岁仍没有属于自己尽情做爱或者温柔手淫的岁月。

6

    王小丫站在王安南的学校大门外，她发现自己的心跳特别快，特别有力，以至于震颤得腿都跟着抖动起来。王小丫低下头看看自己露在短裙下的双腿，再抬起头仔细地看着那几个著名的大字，看着一个个骄傲的男人和女人进进出出，王小丫的心里有了一种更加骄傲的声音：我是来和你们的老师约会的！是和你们的老师约会的！和你们的老师约会的！和你们的老师！

    王小丫在接到王桂花和王菊花的电话前，她做梦也没想到自己能和这所著名的大学里的老师约会、恋爱、结婚、做爱、生子。以至于在电话里不由自主地问了好几次，真的？真的？真的吗？

    王桂花和王菊花详细地在电话里把王安南的登记表念了两遍，还把各自对王安南的印象做了详尽的描述。她俩本打算把王小丫约到妙缘婚介所，亲自给王小丫看个究竟，但又担心被王红云看到。她们说，小丫姐，这绝对是你喜欢的类型，咱还不知道你的口味吗，绝对合你的口味，你可千万不能够错过啊，姑姑已经通过电台给这个人征婚了，估计肯定会有很多人来抢的，今天晚上就开播了，你要不要抓住这个人啊，要的话，我们明天就给他打电话，给你们约时间。估计你会有一个星期的时间，你知道的，姑姑不会那么快地把适合他的女孩子介绍过去的。你们要是成了的话，一定要谢谢我俩啊，这可是冒风险的，姑姑知道会剥了我俩皮的。王小丫说，你小丫姐是那种知恩不报的人吗？要真是万不得已了，不还是有我在么！

其实，王小丫五年前刚刚到这个城市的时候，就来过这校门口一回。她那时特别想到这所大学里看看，她对自己说，没那个命在里面念书，能进去走走，转转，看看，也是好的啊，回到家里，也能够和家乡的人尤其是弟弟说说里面是什么样子。那时也是个傍晚，她来到校门口，打算走进去的时候，突然发现那些进进出出的男男女女和自己是那么不同，他们的腰身直挺挺的，眼睛里的光骄傲而散漫，看王小丫的眼神根本就不是看，仅仅是扫一下而已，如同枝条稀疏的扫帚掠过一块石头。王小丫目不转睛地看着，明白了为什么人家被称作骄子。只有一个人目不转睛地看着王小丫，那就是穿着笔挺的白色制服，笔挺地站在圆墩了上的人，那个人的身体和目光一动不动，只有肩章上的黄色流苏在风里轻轻地摇摆。就在王小丫的脚打算迈过那道沧桑的高高的门槛时，那个人的嘴巴动了：请问您找谁，请您登记以后再进入！王小丫的心一下子虚了，她的脸红得发紫，支支吾吾，转身跑掉了。后来，她只给弟弟描述过那个门口和从那个门口进进出出的男女。她说，那个门口宏伟得很，有点像天安门，那里面的人，眼珠子不像咱这么转，是那种慢慢地扫过来一下，扫回去一下。王耀祖问，那里面是什么样子？王小丫说，这要等到你考进去后，才会知道。王小丫用哀求的语调说，弟弟，你一定一定要好好学习，争取考到里面去，那样我们全家都骄傲着呢，我好好打工挣钱供你，你一定要好好学习，到那一天，人家再拦住姐姐问找谁，我就大声说，找我弟弟王耀祖！

校门口的圆墩了上依然站着人，只是姿势不再那么笔挺，制服也不再那么笔挺，制服的颜色已经由洁白换成了灰蓝色，肩章上也没有流苏。王小丫盯着那人看，希望人家将她拦住，问她找谁。那是个二十出头的小伙子，他也盯着王小丫看了两眼，并没有任何阻拦的意思。王小丫先是感觉有点失落，因为她等待着一个让自己吐出心里面那个骄傲的声音的借口。转而又高兴起来，觉得人家没叫住她，肯定是没把她当外人，一是说明自己在外表上很像是本校的学生或者老师，二则是一个好兆头。她兴奋地深吸了口校园的空气，然后，慢慢地，慢慢地，将它们吐出来。她按照王安南在电话里指引的方向大步前进：进了校门左转，左转，再左转，就能看见毛主席的雕像，他就在那里等着，他的左右手里都拿着一本书。

7

左右手里都拿一本书这个暗号是王安南费了点脑子想出来的，在校园里手里拿书的人很多，但两只手里各拿一本书的人就少了。王安南两只手里各拿着一本书耐心地等着。不时有认识他的学生和他打招呼，他们走过以后还要回头望一眼，这搞得王安南很不自在。低头看看自己，这才发现自己的样子有些傻，想把书集中到一只手里，又担心王小丫来了认不出他来，他只得傻傻地等。他在想，以后若是和这个女孩子熟悉了，一定得告诉她约会要守时，这是尊重别人的表现。他从小就从不迟到，不管是上学还是约会他从不迟到，这是他母亲给他的训导之一。母亲总是说，王安南不可以迟到的，迟到是不尊重别人的表现，不尊重别人就是不尊重你自己。

王桂花姐妹俩在电话里将王小丫大大地夸奖了一通，她们把王小丫在雨夜里应征的故事声情并茂地讲给王安南听，她们使出浑身解数使王安南明白是命运在安排他们相识，是缘分在催动他俩在同一个夏天寻找知己爱人。最后，她们遗憾地说，就是女方的文凭有些低，只是个专科，但她能力特强，要不怎么会成为私营企业的总经理呢？！而且她特别喜欢有知识的人，特别特别喜欢大学老师哟。

最后的几句话使王安南答应和王小丫见面。王安南早就打定主意绝对不能找一个知识层次比自己高的人，他的前半生一直生活在母亲的阴影下，耳朵里听到的是——王安南我在你这么大的时候我已经读大一了，你才读高二，还读成这个样子！王安南我像你这么大的时候我已经读博士了，你呢？还仅仅是硕士，你有什么可骄傲的？王安南我在你这么大的时候我带着你和乔超红，照顾着整个家庭，我都丝毫不耽误工作，不影响自己出研究成果，我还被破格提拔为总工，你呢，看看你的样子，连个副教授都晋不上，整天无精打采，也不知道你到底在忙些什么！你怎么就一点都没遗传我的能力呢，都是你们老王家的，愚笨无能！

　　王安南需要一个目光平视他的人，不能够用知识的名义对他指手画脚、压制他，他要一个宽容他的女人，甚或一个崇拜他的人，让他每天都轻松快乐，不再考虑什么职称、学位、著作，他要生活，要那些吃完晚饭后手拉着手说说笑笑遛弯的生活。他把希望寄托在就要出现的王小丫身上。专科毕业，正是沾着知识分子的边边，有一定的知识修养，又没有被知识浸泡出骄傲、清高、较真儿的人，喜欢知识，喜欢老师的职业。喜欢，喜欢是最好的老师，这两个喜欢已经让王安南原谅了王小丫的迟到。

　　王安南一手一本书，围绕着毛泽东的塑像转来转去，不远处是人们庆祝香港回归的大红标语和那个在南边画了一个圈的老人的巨幅照片。王安南觉得自己如同一个等待着被别人认领的孩子，等待着一种回归。他看着那些鲜红的标语，心里有了酸楚的感觉。

　　老远地，王小丫就看见巨大的毛主席朝着她挥手，王小丫的耳边回响起毛主席那句令全中国世代青年人兴奋不已的话：你们是祖国的花朵，是早晨八九点钟的太阳，世界是你们的，未来属于你们！王小丫觉得此时此刻这句话只属于她一个人，是毛主席只对她一个人说的。她再一次深吸了口气，然后，迅速地把它们从胸腔里赶出来，她拿出小镜子，检查了一下自己的妆容，放慢脚步，尽最大可能让两条腿迈动出优雅的姿态。

王安南看见一个着装打扮很是时髦的女子朝他走来，就要走近他的时候，女子突然停住了，从坤包里掏出手机接听电话，然后对着手机露出了迷人的微笑。那微笑里面有一种成功人士特有的自信和优雅，这种东西被放在一个装扮时髦的妙龄女子脸上，便有了一种迷人的味道。女子接完电话，看见了王安南两只手里的书，王安南试探地朝着王小丫挥了挥双手，两本书在王安南的挥动中，在燥热的风里被动地开开合合，为在这个炎热的夏天寻找知己爱人的一对男女承担起开始的历史重任。

王小丫给王安南挥了下手，心里突然冒出了一丝丝的失落，王安南没有她想象得那么魁伟，那么气宇轩昂，在她的心目中，大学老师应该是骄傲得不得了的人物，脸上所有的零件都显现出一种别人没有的骄傲。就着这点失落，王小丫的腿开始静下来，里面的硬度开始慢慢地增加。她回还给王安南一个迷人的微笑，优雅地挥了一下自己的左手臂，嗨，您好。

王安南从哗哗作响的书里得到了灵感，他再次挥舞起双手。王安南笑着说，看像不像是在说，欢迎欢迎。把一个使人冒憨气的笨拙的动作重复两遍，它的魅力就会击中一个怀春的女人。王小丫看着王安南整齐的白牙齿（那些牙齿让人明显地感觉到它们的颜色），心里对眼前这个脸上没有骄傲神情的大学老师产生出好感。她爱怜地说，看你哟，跟个孩子似的，来，我帮你拿着书。

王小丫语调里的那点出乎预料的爱怜触动了王安南，他的心被温柔地戳了一下，他咽了下唾沫说，谢谢，我自己拿着就行。王小丫说，给我吧，你都拿了半天了，手该累了，怪我啊，临出门又遇到个客户，让你久等了。说着便伸了手来拿书，王安南只得把书递给她。她接过王安南的书，把封皮朝外，像女学生一样抱在胸前，眼睛却不敢往上面瞟一眼，她怕王安南顺便和她谈论起书来，再顺带着谈起她的学历和她读过的学校。

王安南说，我请您到外面的酒店吃点东西吧。

就在校园里随便吃点好了。王小丫特别想和那些骄傲的骄子坐在一个餐厅里吃饭。

王安南沉思了一下说，那好吧，去留学生餐厅吧，那里的饭菜好一些。

留学生餐厅的玻璃墙上飘着大朵大朵的雪花，那个一年四季穿着红色的棉袍子、戴着红帽子、背着只大袜子的老头给王小丫露出了慈爱而狡黠的笑容，那笑容从白色的眉毛和乱糟糟的胡须间挤出来，像是对王小丫扮鬼脸又像是给王小丫透露一个谜底。玻璃墙的后面坐满了五颜六色的人，白的，黑的，黄的，棕的，半白不白的，半黑不黑的，半黄不黄的，白里透红的，白里透青的，白里透紫的，黑里泛黄的，黄里泛黑的，这些五颜六色的人又顶着色彩更加缤纷的头发，红色的，紫色的，白色的，黑色的，灰白色的，金色的，一时间把王小丫看呆了，她还是第一次这么近距离地看外国人，而且是种类繁多的外国人，王小丫忘记了在自己的嘴角处挂娇羞迷人的微笑，她的嘴唇松散地张着，目不转睛地看着眼前五颜六色的人和五颜六色的头发。直到王安南招呼她坐下，她才稍稍回过神来，小声对王安南说，各种颜色的人凑成一堆真有意思，像超市里的水果摊一样。王安南说，你很有文学感觉嘛，你学什么专业的？王小丫的脸红起来，她怎么也没想到这些水果会牵连到她自己，她犹豫了一下说，经营方面的。学经营管理的，这学校的经济学院里也有这方面的课，而且经常会请一些成功的企业家来做报告，如果你有兴趣的话，可以来听听。王小丫说，谢谢，那真是太好了，原来学的那点东西早都觉得不够用了，到时候还要麻烦你帮我呀。王小丫说着，耷拉下眼皮整理起面前白色的餐巾来，一副生怕被拒绝的样子。王安南说，好，到时我给你打电话。好呀，那我把电话留给你。王小丫说着，从兜里掏出名片递给王安南。这时候，服务生拿着菜单过来让他们点菜。经过再三推让，还是由王安南来完成点菜任务，王小丫的大脑快速地转动着，琢磨着如果王安南再把话题扯到她的学历方面该怎样回答，该怎样回答得天衣无缝。

8

其实，王小丫手里有三个学校的文凭，这也正是让她回答起来感到为难的一个原因。三个学校，有大名鼎鼎的，有名不见经传的。最有名的一个就是王安南的学校，这一个是用不上了。另外两个，到底说哪一个好呢？太没有名气的生怕王安南瞧不起，有名气的吧，又怕正撞到枪口上。对于这一点，王小丫是心有余悸的。那是王小丫来到这个城市不久，想找一份比小餐馆服务员更有出息的工作的时候，她利用休班时间按照报纸上的求职栏内的指导，四处应聘。几乎都在第二句话上被打发了——你是哪所大学毕业的？学什么专业？王小丫的脸总被这句话蒸煮得红紫起来，她就像那个害怕单独吹奏的南郭先生一样仓皇地在别人话音还未落的时候夺门而逃。她只遇到一个地方没问她这个问题，那是贴在电线杆上的应承待遇丰厚的求聘广告，王小丫小心地把那广告撕下来（生怕看见的人多了，竞争对手太多），揣在兜里，就像揣着一块捡来的香喷喷的馅饼。等去了那里，在老板含含糊糊兜来转去的话语里才知道根本不是什么香喷喷的馅饼，而是一份俗名叫作妓女的工作，老百姓叫作"鸡"的活儿，一份她爹会把她的腿敲断把她的皮剥下来的活儿，王小丫铁青着脸跑了出来，跑到大路上，把兜里的广告扔在地上狠狠地用脚搓着说，这活儿还是留着让你娘去干吧！让你老婆干吧！让你妹妹去干！让你闺女去干好了！说完狠话，王小丫吐了口唾沫在那张破破烂烂的纸上。然后，王小丫的心里有了另外一个主意，她看着满大街五颜六色的招牌，看着一座座高耸入云的建筑，她对自己说，嘿，你们不是要那个么，姑奶奶就给你们那个！王小丫再次从电线杆上抄写了一个电话号码，一个可以快速使王小丫拥有知识分子头衔的号码。

一条弯弯曲曲的小巷子深处，一个肮脏的小院里，王小丫看到了琳琅满目的这个世界需要的各种证件。那人说，说吧，要哪个学校的？要什么专业的？什么学历的？王小丫想买东西当然要买好一点的了，她说，当然要好学校的，本科，专业嘛，你说，弄个啥好？那人看了王小丫一眼说，弄个啥？喜欢看小说吗？王小丫说，喜欢。那就弄个中文吧，只要会说中国话，喜欢看点闲书，弄个中文最好，不容易露馅。王小丫说，那好，就弄个中文吧。不到二十分钟，王小丫就成为了王安南学校里中文系的本科毕业生。那人送王小丫出门的时候说，妹妹，干我们这行的是从不把人带回来的，我这是第一次，不知为什么从看见你的第一眼起，就觉得你是可靠的人，和你特有缘的感觉，以后有什么需要直接来找我，那电话我经常换的，别和别人说。王小丫说，我懂。

王小丫用她人造革的小挎包背着五百元买来的大学文凭来到人才市场，挨个摊位递上自己的文凭，大多数的回答是，哟，学校不错，可惜我们不招学中文的。只有一个人盯着她的文凭看了半天，看得王小丫的心脏都快跳出来了，那人好不容易看完王小丫的毕业证，又抬起头仔细地看王小丫的脸，仿佛看另一张证件。看了足足有一分钟的时间，王小丫的额头上已经沁出细密的汗珠了，她两手搅在一起，相互鼓励着，时刻准备着被识破后夺回文凭——那可是五百元钱啊，王小丫攒了三个月的积蓄啊！那人突然转头朝另一张桌子前面的人说，嗨，小李，过来看看，这里有你一个小师妹呢！那个叫小李的男人热切地看着王小丫，语调里满是狐疑地问，是么？你导师是谁啊？王小丫想，什么导师？全国人民不只有一个伟大的导师么，邓小平呗！但她知道那肯定是一个不叫邓小平的人。她小声说，王红云。王红云？没这么个名字啊，你现当代文学的老师是谁？看咱俩是不是同门？王小丫说，王红云，新调来的。说完，从那人手里拽过毕业证转身就走，身后传来两个男人不约而同的哎，哎，哎。

王小丫第二次使用这张文凭的时候虽没有再遇到校友，但被一个出乎意料的问题问住了。本来王小丫是做了一些准备的，她到书店里买了现当代文学作品猛啃了半个月，对里面的文章倒也是有点印象的，对于导师的问题也找人问了个明白，知道大学里的班主任不叫班主任叫辅导员，那里有一些老师只教极少数的几个学生，那几个学生就叫他们的老师为导师。接待王小丫的人把眼珠子上下滑动了几下说，你二外是啥？你耳外？你耳外？王小丫的脸又开始变起颜色来，她说，对不起，茅房在哪儿？我，我……王小丫想说我突然想拉屎，但又觉得应该说得文雅一点，一时间又想不起文雅的词了，她的脸由红变紫。那人的眼珠子定了下来，嘴巴子张得大大的替王小丫说，卫生间对吗？在那边，要帮忙吗？对对对，不要不要，王小丫借机跑了出来，离开了那个"你耳外"的问题。

两次失败的求职经历让王小丫对五百元钱换来的大学文凭有了

新的认识，它不适合自己，它过高的威望和名声让每个面对它的人都另眼相看，都要用怀疑的探究的眼光对它的拥有者进行盘查，以便确定它高贵血统的纯正。这样下去会露馅的。王小丫这时对自己的方向也有了比较明确的定位，她懂得了有一些门槛是无法迈进去的，有一些目标是永远也达不到的，有一些路是走不通的。王小丫对自己说，不能头撞南墙不拐弯，人走路总是要拐弯的。不能像那些个骄傲洋气的女人一样，但也不能再把自己泡在那些残羹剩汤里了——自己的手不能再在碱水里泡得像灰白肿胀的鸡爪子一样，她不愿意自己的指甲里有剔不尽的灰，自己的衣服头发散发出肮脏的小饭馆里的气息！她对自己说，我一定要穿得漂漂亮亮，手白白的，脸也白白的，身上是香水的味道，香水的味道！

经过再三考虑，王小丫又去了那个拐弯抹角的小巷子，她对那个人说，我想退货，它不适合我，这个学校名气太大了，人家都不信。那人说，妹妹，我劝你别退，不是我为了挣你的钱，而是我瞅准了妹妹你总有一天会用得着它，妹妹你一看就不是个甘于默默无闻的人，你用不了多久就会飞黄腾达的，到时候你就用得着它了，这玩意儿有时是敲门砖，但有时就像是你们女同志的化妆品啊，名牌手表啊，戒指啊，项链啊什么的一样，抬人用的。这玩意儿越来越难弄，它里面很多东西都是变的，比如说校长吧，肯定是要换的，过几年你要再想搞现在的文凭，这校长的签章就搞不到了，搞那时候的吧，年龄又不行了。一席话说得王小丫频频点头，心里美滋滋的。她说，你怎么就能看出我有出息呢？蒙我的吧？我一个农村人，肚子里又没多点墨水，我能有什么出息？话虽这么说着，还是把那个打算退掉的文凭重新揣回了包里，她边剔着指甲里的灰边说，你见多识广，我也信得过你，你说我该怎么办？连那些个酒店招服务员都要高中以上的呢！那人说，你说的是马路边的小酒店，不带星的，那些星级酒店里端盘子的都是大学毕业的，会说外国话的！这年头没个文凭，就只能去捡垃圾卖报纸卖冰糕卖青菜水果什么的，想干个轻巧的打扮得漂漂亮亮的活儿，那还得弄这个，我再给你弄一个，弄个实惠的，好使的，还便宜，三百块不讲价，我啊，觉得你人机灵，嘴巴也巧，比较适合到电子科技市场啊，手机专卖一条街这样的地方去碰碰，干上几年，找出门路了，再自己弄上一摊，你就成经理了，当了经理，地位就高了，身份就不一样了，经验有了，学问也就有了，到时候你就说是北大清华的也没人怀疑，先给你弄个经济学院公共关系专业的，保准你能用上。什么是公共关系呀，就是公关你懂不懂？只要嘴皮子溜，能拉能扯，能把人说动心买你的东西，你肯定能行，不是你认为的要陪人吃酒睡觉的那种，现在大学里有这个专业呢，这是一个最不容易露马脚的。王小丫问，我上学的时候最头疼的就是物理了，跟电有关的我可闹不懂，我怎么能去那种地方？那人说，去那里是去卖东西，不是让你去造，什么东西什么价，卖就是了，无非就是背背型号价钱之类的，其他的都不用管，有专门的厂家造，有专门的地方维修，卖出去就叫本事，要不怎么能给你指这条路？

王小丫最终用经济学院公共关系专业的毕业文凭在科技市场一家专卖电脑耗材的公司找到了工作。王小丫勤奋好学，没多久就把上百种货物的价格背得滚瓜烂熟，再加上眼勤，腿脚麻利，嘴巴甜，丝毫不比那些正牌的大学生表现得差，试用期没满就转正了。干了一年多虽没成为老板的心腹，但在门市的管理和怎样和顾客打交道方面倒也积累了不少经验，面上仍是副虚心好学的样子，心里已有了底气，并不怕看老板的脸色。她对在这个城市里生存已有了信心。

后来，王小丫跳槽到王红云表姐的店里干门市经理——所以王小丫在听了王红云表姐那句关于她的话后（王小丫真没良心，要不是我造就了她，她能有今天？）只用鼻孔往外喷了两下气体而已。

王小丫的第三个文凭是在王小丫发达之后。王小丫已是志满意得，虽说生意做得并不大，但足以让她瘦弱的腰杆子在这个城市里挺得笔直了。在应酬上也是如鱼得水，王小丫天生酒量大，酒桌上她和男人拼酒，谈起业务来又娇滴滴的，柔若无骨，搞得那些想吃葡萄的男人们总认为有了生意上的合作就会有身体上的合作。这时的王小丫对他人关于她毕业于哪个学校的问询已能够回答得心不慌脸不红，把经济学院公共关系专业几个字咬得脆生生的，叫人听起来没有半点虚假。这个回答又恰好给她赢得了一些真真假假的赞美——怪不得呢，专业搞公关的，佩服，佩服。

让王小丫决意再搞一张文凭的不是生意场的那些男人，而是美容院里两个陌生的女人。两个女人和王小丫并排躺着，脸上敷着厚厚的白面膜。一个女人说，这受过高等教育的人和没受过的就不一样，我那个弟媳妇平时不遇事的时候一副贤惠能干的样子，人又聪明，挣钱也不比我弟弟少，亲戚邻居没有不夸的，但真遇到大事了，满脑子的小农意识，农民的劣根性一锅端了出来，要不是她我弟弟哪能到今天？另一个说，嗨，你才知道啊？晚三秋了不是？我早就对我弟弟说过打光棍也不能找打工妹，一定要找个出身大城市受过高等教育的，虽不说文凭就能说明一个人的素质，但至少说明她在某种文化氛围里被熏染过，总比那些没文化的打工妹保险一些。很多时候决定一个人行为的还是这个人的底子，老祖宗主张门当户对不是没有道理的，对不？再说了，那些个打工妹有几个能混出来的，混出来的那么几个还不是凭着自己有几分姿色，逮着城里的男人就往上贴，贴来贴去的，靠男人的帮助、包养才那个的，表面上洋派得很，其实呢都不干净……两个城里女人的话如同一把把烧红的烙铁带着兴奋的火星吱吱地尖叫着戳在王小丫的脸上，王小丫觉得脸上的海藻面膜已经发出了焦煳的气味，她的手指在粉红被单下面蜷缩成力量充足的锤头，它们渴望着在两张城市女人的脸上跳舞——猛烈的迪斯科。她的心脏已经敲响了疯狂的舞点，每一下的振动都带着王小丫冤屈的战争的唾沫：呸！呸！呸！你们家上推三代还不全是农民？农民怎么了？没农民你们还不全成饿死鬼了，还有精神在这里放屁！小农意识怎么了？你们身上还全是小市民意识怎么不说呢？狗眼看人低，打工妹有出息就是贴男人贴出来的？！你们就是文化熏出来的？！全他妈的偏见！忌！妒！就是贴男人还不是贴的你们用文化熏出来的男人？！既然是用文化熏出来的就该不会贪财好色腐败无耻人模狗样没有忠贞没有责任哟，比农民还差远着呢？！

　　猛烈的迪斯科舞点停止了，飞溅的唾沫聚拢成冰，沾在王小丫的心上。她看见了别人眼里的自己。看见了她心底里那块空旷的荒芜的空地瞬间开始飞沙走石。王小丫明白只要城乡差别存在一天，一些人就永远会拿你的出身说事，拿你和他们的差别说事。王小丫想，这不是个硬碰硬的年代，要生活得好就得看人上菜，他想吃啥就喂啥，才有胜算。虽说已有两个文凭，但那毕竟都是这个城市里的学校，遇到较真的会坏事的。几百块钱的事，何苦为着张文凭让别人遇事就深挖你的出身呢，为着张文凭就让我们做起人来矮三分？！

王小丫从美容院出来后直接去了那个小胡同旮旯里的肮脏小院。她大方地用五百元钱买了张二百元的文凭，一所兴办了没几年的民办学校——蒙南科学技术学院。王小丫用指甲彩绘了玫瑰花的手指捏着五百元说，一点小意思。那人兴奋地说，谢谢，谢谢，我都一个月没开张了，你好像现在用不着这个了吧？王小丫说，你不是说这玩意儿既能敲门，也能当装饰品，抬人吗，我啊，今天知道它还能堵嘴用，所以，多预备几个，以防万一。

9

　　王安南点完菜，见王小丫无语，一时也找不出要说的话，只得同样低了头整理餐巾，把餐巾的一角压在碟子下，对角仔细地摆放在腿上。等王安南把餐巾摆放好，抬头看王小丫的瞬间，王小丫惊讶地发现眼前这个大学老师的眼睛里竟然流动着一丝羞涩。天哪，一个大学老师，站在讲台上该有多神气呀，竟然在我面前害起羞来。王小丫禁不住定睛看着王安南。王安南在王小丫脉脉含情的凝视中眼睛里的羞涩如同被上足了化肥的禾苗一样疯长起来。它们从王安南的眼睛长到王安南的嘴角，撬开王安南的嘴唇，露出他的白牙齿。然后，从王安南的白牙齿上滑落，蹦跳着进入到王小丫的身体里，变成全国人民都缺乏的钙，长在王小丫的筋骨上。王安南说，不好意思，真是抱歉，请你来这里，服务不周到，不安静，上菜也慢，你，你不介意吧？你很饿了吧？王小丫说，别客气，我喜欢这里，曾经做梦都想到这里读书呢，跟你们这里比起来，我上学的学校就像是所中学，没名气，在里面几年就是混，混个文凭出来后才开始后悔，总觉得肚子里空空如也，啥也没有，和你比起来，我就是个文盲呀！王小丫甜蜜蜜地笑着，把文盲两个字咬得像棉花糖一样。真羡慕你，羡慕你们这里的每一个人！这句话，王小丫是用她的眼睛大声说，嘴巴小声说的。

王安南说，经济学院还可以啊，不错的学校，现在就这样的学校吃香，很多人都已经不看重学校的名气了，主要是看学到的知识能不能有助于日后的发展。嗨，我还有同学在你们学校任教呢，哪天约他一起喝茶吧。

王小丫的心咯噔一下，庆幸自己第三趟去了那个肮脏小院。她说，我哪是经济学院的，我是蒙南科技学院的，读的经济学院的函授，想多学点东西。妙缘的人告诉你的吧，她们总是拣好的说，别怪她们，那是她们的职业习惯。

正说着，一个肤色黄里泛黑的人走过来，用错着声调的中文对王安南说，王老师你好，女师你好！王安南给他纠正道，是女士你好，女士，士，第四声，士，写起来和土差不多，下一笔画短。

"黄里泛黑"说，不，不，不，王老师你错了，女师，不，是女士，不是和土差不多，是和水差不多，女人是水做的，是水做的，这位女士是很糖很糖的水做的。

行啊，有你的，进步不小啊，连《红楼梦》都看过啦？

不行的，听人说的。汉语太美，太难学了。

王安南说，很甜的水，不是很糖的水，糖是个名词，甜才是形容词。你还欠着我的课呢，你哪天有空，给我上课啊？

我今天晚上有，王老师没有。"黄里泛黑"扮了个鬼脸离开了。看着"黄里泛黑"的背影王小丫说，他是哪国的人啊，还挺幽默的呢。他是你的老师吗？

王安南说，阿根廷的留学生，我俩是朋友，互为老师，我跟他学西班牙语。你喜欢西班牙语吗？我太喜欢了，我总觉得西班牙语是一种既响亮又优美的语言，不像英语发音那么多变，有种欢快在里面，让人觉得说着说着就会有好的心情出来，你就拿月亮这个词来说吧，英语是 moon，念起来声音拖得长长的，低低的，听不出欢快吧？汉语的月亮怎么也和欢快的感觉扯不到一起，不信你念念试试，月——亮——，月　　亮——，而西班牙语就不同了，luna，多欢快……我心情不好的时候，就拣个响亮的词反反复复地说，就像念六字真言一样，念着念着，心情就好了……就这样，luna，luna，luna！

　　王小丫忐忑不安地盯着王安南欢快的嘴唇后面的白牙齿不敢接话，她只是偶尔地含着甜甜的笑容朝那些白牙齿点一下头，等待着王安南赶紧把这个话题结束。西班牙语的月亮让王小丫觉得王安南遥远、神秘、高贵、渊博。王小丫在王安南停顿的当口赶紧说，王老师您也有不高兴的时候呀？您这么有知识，又在这么有名的大学里工作，不像我们，看着飞速发展的时代，看着一批又一批的大学生从学校里毕业拥到大街上，我心里就空落落的开始发慌，总觉得说不定哪天自己就被他们给挤没了，被社会淘汰了。再说我们做生意的，每天天一亮就像个陀螺一样转来转去，一直转到天黑，累着呢，又累又怕被甩下，所以就越来越累。当老师多好呀，时代再怎么发展，都永远是老师，永远是时代的老师，走在时代的前面，谁也挤不着你，多好啊，多幸福啊……王小丫用她喷了茉莉香型爽口水的口腔把些个奉承话暖得如同温热的茉莉花茶一样，慢慢悠悠地倒进王安南的耳朵里，滋润着他揭了母亲大字报的手指。它们欢快起来，十个手指和着他的心脏一起念着西班牙语的月亮，luna，luna，luna……

王小丫惊讶地看着王安南修长白皙的手指在桌面上弹跳，她惊讶地看着那些手指的白和长度。王小丫说，您会弹钢琴吗？王安南吃惊地看着王小丫，你怎么知道？不过我最喜欢扬琴，我七岁的时候就得过全省的扬琴比赛第一名。扬琴，舒缓，柔软，就像戏剧中的越剧。王小丫想不出扬琴是怎样的，也想不起越剧和京剧有什么差别，肯定都是哼哼啊啊拐着弯，半天唱不完一个字，急死人的那种。她含着甜蜜蜜的笑容对着那些修长白皙的手指点着头，记住了一个叫扬琴的名词。

王安南的手指停止了念西班牙语的月亮，他觉得很有必要针对王小丫刚才的话解释点什么，他不愿意眼前这个"用很糖很糖的水做成的女人"在他面前有自卑感，她看起来那么恬静柔弱，却是私营企业的老板，她像谜一样迷人，她肯定是很会应付生活的人——做老板的都会应付人，会应付人的人都该会应付生活吧，生活就是由人组成的嘛，她肯定不会像他一样在应付人的问题上老是不到位，她如果和自己结婚肯定能够成为他的补缺。他的母亲肯定会赞同的。王安南这么想着，已经决定吃完饭后，走到路灯照不到的地方找个合适的火候拥抱她。王安南说，我要给你纠正一下啊，你刚才的话有些太谦虚了，其实你比我优秀，比我有能力，哦，你听我说，我是说的真心话，我不是吹捧你，我真是这么觉得，或许我的知识是比你多一些，比你多读了几年书，还比你多喝了好几年粥，但是，但是，这个但是我是加重语气的，我缺乏生活的知识，缺乏和人相处的知识，我们全家都缺乏，我缺得最厉害。我总觉得知识，我是说专业知识，在一个人，不，应该是一个家庭的生活中并不是重要的，许多人有知识但没有使自己和别人生活幸福的能力，有时我想，这种能力跟知识甚至周边的文化环境都没有多大关系，它更应该是一种天赋，有的人有，有的人没有，这样说不太恰当，但我真认为和知识没有多大的关系。王安南边说边在脑子里检索他家的生活镜头，他母亲贴给王江山和王安南的用劣等墨汁写成的大字报，已经是美国博士的乔超红离婚时哭成烂桃似的眼睛……最后定格在自己拧开家门后，王小丫用"很糖很糖的水"做成的目光看着自己的镜头上。

你看我有你说的那种天赋吗？

有，我虽没有，但我有感知这种天赋的灵敏触角，你有。

你也有，你一定有。王小丫热切地看着盛赞她的男人，透过这个男人的脑袋和密密麻麻的五颜六色的脑袋，看见人头攒动的大街上自己被潇洒的名牌大学老师挽着的胳膊，看见羡慕不已的女孩子们的眼睛，看见在羡慕的目光里自己迸射着自豪光芒的脸，从未有过的漂亮迷人——她，将再也不会在这个城市里恐慌！

在没有菜的桌子面前，空空的碟子和两双甜蜜地依偎着的方便筷一起见证了王安南和王小丫相见恨晚的甜蜜，爱情在五颜六色的人和五颜六色的脑袋中间，在迟迟没有做熟的饭菜里产生了。

谁也没有认真地吃饭。从开始吃的时候，两个人就在等待这顿饭的结束。

"黄里泛黑"隔老远看着王安南和王小丫几乎原封未动的饭菜，看着他的汉语老师和他用很糖很糖的水做成的女朋友。他俩为什么对着这么好吃的中国菜不吃呢？他们不饿？不饿为什么来吃饭？不吃饭为什么来吃饭？来吃饭为什么不吃饭？饭馆不是饿了的人才来的吗？这个问题有什么问题呢？

王小丫瞥了一眼"黄里泛黑"说，嗨，你那位外国朋友在看咱们呢。发觉自己用了太过亲切的"咱们"，不觉红了脸，眼睛羞涩地来寻王安南的眼睛。王安南说，别看他，很黏人的，跟个孩子似的，对咱们国家的任何东西都好奇得不得了，要是把他再引过来，今晚就没咱俩单独说话的机会了。

王小丫听王安南也咱们咱们地和她说话，心脏暖暖地胀了一下，赶紧把目光收回来，夹起一筷子蜜汁苦瓜放到王安南的盘子里说，清凉祛火的，天热，你多吃点。

王小丫眼睛里郁郁葱葱的爱怜把王安南的舌头酸化得软软的，它忘情地送出了几个 pH 值很小的字：现在就给我苦瓜吃啊。王小丫看着两片翠绿的苦瓜在王安南的碟子里亲亲热热地依偎着，她已经把握了王安南的心思，她把下巴颏慢慢地放在自己左手心里笑着问：你会吃吗？

王安南把两片苦瓜送进嘴里说，它是蜜汁的。

你吃好了，咱们走吧。王安南的目光挽着王小丫的目光走出留学生餐厅。

10

两颗心脏里面沸腾着，将两颗头颅里原本硬邦邦的孤独蒸煮得软软的黏黏的。它们需要靠在一起。胶合在一起。发生一点中和反应。

毛主席高大的塑像遮住了前面橘色的灯光。王安南轻轻地把王小丫的背靠在塑像的底座上，轻轻地把自己软软的黏黏的孤独送到王小丫的唇上。王小丫用她软软的黏黏的唇欣喜地接应过来。

久久的。彼此的孤独相互中和着。

久久的。王安南紧紧地拥抱着王小丫。像拥着一根可以支撑他疲倦的拐棍儿。他终于可以靠在一根拐棍儿上看母亲的眼睛了。

久久的。王小丫伏在王安南的胸前。她听见王安南的胸膛里翻涌着巨大的波浪。这声音告诉她王安南不是一个游戏爱情的人。游戏爱情的人尽管嘴巴里会翻江倒海，胸膛里却是风平浪静。她幸福地倾听着一个大学老师高贵的渊博的迷人的城市的胸膛里为着她涌起的波浪，她的眼泪欢快地流下来。她孤独地在这个城市里努力运行的血管，在王安南的臂弯里自豪地变成清澈小溪，泛起快乐的浪花儿。

孤独中和着孤独。

疲倦中和着疲倦。

需求中和着需求。

两个人都觉得该为正在进行的亲密说点什么，却是谁也找不出合适的话语。和亲密的行为相配套的亲密语言离他们是那么遥远。他们只得更加认真地拥抱。

不得不说点什么了。王安南觉得自己必须说点什么了。只有嘴巴说出点什么的时候胳膊才能够顺理成章地松开。这个开始得有点急切有点冒失有点不可思议的拥抱才好顺理成章地结束。这样想着的王安南悲哀地发现自己的心已在生活中老化了——那颗狂跳着渴望爱情的心脏已经不是为着爱情本身了。像已经衰老的运动员重新站到起跑线上，那点翻涌的激动已经不是为着竞赛了。他的鼻子酸胀起来。

王小丫尽可能地仰着头，让欢快的泪花从眼角流进鬓角，和等待在那里的汗珠汇合在一起。她不允许它们带着她内心的秘密途经正被王安南亲吻的嘴唇。它们只属于她自己。它们静静地从王小丫的眼眶边上翻身而出，悄悄地带着一个打工妹的卑微和大学老师的高贵撞击后的满足潜伏在王小丫的发根中。

王小丫知道通常的亲吻后面紧接着是手指的活动。她的后背她的脖颈和她的头发早已为王安南手指的到来做好了准备，被亲吻的气流阻塞着的喉咙，也为此准备了一个娇嗔的鼓励的元音。如果那些大学老师的手指到达她身体的前面，上半部分，她的元音会拖长一些，里面会加进去一点半推半就的味道。如果是下半部分，那就要果断地说一个——不！要干脆利索，千万不能给他留下自己随便的印象。王小丫知道欲擒故纵的道理。她等待着那些白皙的修长的会弹奏钢琴扬琴的大学老师的手指，来弹奏她规定的曲目。

那些手指没有做出通常的动作。它们规规矩矩地贴在王小丫肩胛骨下面的肋骨上，紧紧的，仿佛是在支撑着即将倒下的篱笆。伴随着吮吸力度的减弱，它们变得松松的。一种应付的依偎。王小丫猜测着王安南已经在后悔这个无法用语言和手指跟随的亲吻，他希望结束的亲吻。王小丫轻轻地把唇从王安南的唇边滑开至王安南的耳边说，我们这样做会不会得罪毛主席他老人家啊？

不会吧？他老人家肯定会高兴的，如果我没记错的话，提倡婚姻恋爱自由正是他老人家提出来的。王安南长长地舒出一口气，抬头看着毛主席那飘飞的风衣下摆。

哎呀，你看咱们，那边还有邓小平在看着咱们呢。王小丫凝视着不远处宣传栏里邓小平慈祥的笑容——我想，邓小平肯定会更高兴一些吧？

为什么呢？王安南扭头和王小丫一起看着邓小平的画像。

王小丫对着那慈祥的目光笑了笑，她说，我就这么觉着。

一个在两位伟人间开始的亲吻终于轻松自然地结束了。

王安南把手指亲切地环扣在王小丫的后腰上，把自己装扮成君子兰的一个叶片，他爱怜而感激地看着另一片叶子说，天不早了，我送你回去吧。

王小丫体贴地说，你上课累一天了，早点回家休息吧，我打的走，不用担心的。

别过王安南，王小丫在想象中伸展着自己的胳膊，让它们在大学老师的爱情里伸展成翅膀，带着她飞回既是办公室又是家的店里。王小丫把三棱的钥匙插进店门口的卷帘门里夸张地晃动着，叮咣，叮咣，叮叮咣咣。王小丫并不急于打开它，此时，它的功能不再是保护王小丫和货物的安全，它是她爱情的乐器，为她的歌声伴奏——咱们老百姓啊今儿个真高兴，咱们老百姓啊今儿个真高兴, 真高兴啊, 真高兴!

11

短短的一个星期，王红云的口袋里已经有了三千六百元的进账。她凝视着王安南征婚登记表上的照片，心里默默感谢这个晚婚的大学老师，这个高级知识分子家庭孕育出来的"人力资源"，恨不得王安南的父母多生几个王安南才好。在王安南的登记表下面是十二个女子的登记表，她们都是为着王安南来的。王红云翻来覆去地看着十二张笑脸上为着王安南排列出的媚人的表情，尤其是那些个双眼皮的眼睛几乎一个模式地含着造作的秋波。王红云知道她们对着镜头的那一刻都曾幻想对着潇洒迷人的大学老师，都曾幻想着美好的日子。王红云左手拿着登记表，右手的拇指和食指轻轻弹着那些含着秋波的眼睛，掂量着先把哪一个介绍给王安南才确保不被王安南看上。

王桂花看了看王红云的背影低声问王菊花，小丫姐说怎么样了？

菊花说，基本搞定，那男人都和她那个了。

啊，这么快？真不要脸，这事她也和你说，怎么不和我说？还是我先想到她的呢！王桂花醋醋的。

王菊花说，她来电话的时候谁知道你死哪去了？你真是个小骚货，又想歪了不是，人家只是亲嘴儿了，请小丫姐吃了两次饭，不过，听小丫姐的语气还是比较有把握的，她说她都快被那个男人迷死了，那人会好几个国家的语言呢，还会弹钢琴和扬琴。

都一个星期了才只是亲嘴呀？！小丫姐没骗咱吧？她怎么不快点？

怎么快？这种事情女人要把持得住才被男人看得起呢，女人猴急地上赶着的十有八九不成。再说了，怎么快？男人不提那个，女人能说咱那个吧？

王桂花说，你就是跟不上时代的步伐，人家现在快得很呢，你没看报纸上登的么，有见面半个小时就领结婚证的。我觉得还是要提醒小丫姐赶紧着点，大学老师都爱面子，只要那个了，就不怕他不答应，要不到他学校告他去，软的硬的一起来，还怕他跑了？你没看姑姑已经在研究了，估计也就是今明两天的事，我可是看那些应征的了，哪一个都不比小丫姐差，人家都是城市里的，工作也都不错，一看人家那工作就知道人家那本本儿都是货真价实的，这个小丫姐能比吗？

你急有什么用啊？隔岸观火，要不你去和他那个？王菊花拿眼睛调笑着王桂花。

王桂花说，我是为咱俩才急的，姑姑只要一打电话给那人，咱俩就死定了，小丫姐要是已经搞定了，咱俩就是她的大媒人，咱都要求去她的店里上班，她不好意思回绝的，咱俩就不用再在这里受姑姑的剥削了。她店里的营业员挣六百，六百，姐姐，六百，是咱的两倍。王桂花在王菊花的眼前晃动着她的指头。

王菊花赞许地点点头说，干什么这么晃啊，晃得我眼晕。

王桂花瘪了嘴更起劲地晃，我比你聪明吧？

你比我坏，去，把你的粪叉子拿开。王菊花笑着去打王桂花的手。

嗨，闹什么呢，天天嘻嘻哈哈的脑子里不装点正经事，就你俩这样，咱们还不喝西北风去？赶紧过来帮我分析一下，看哪一个更保险一些。王红云招呼她的俩侄女。她的两个钱夹了空瘪瘪的员工。

王菊花和王桂花赶忙围到王红云的身边，一左，一右，各抒己见。她们认为哪一个都不保险。因为她们每个脸上好像都带着温柔贤惠的样子，好像都有奉献精神。而且，条件都不错。哪一个都有可能被王安南看中。

王红云一时没了主意，她看了看她的两个积极发表意见的员工说，快都动动脑子，想个办法，既不能很快让他成，又能显出我们的诚心，还要让这些个财神爷得到合理的答复才好。她再次用她右手的拇指和食指弹着那些个露着温柔贤惠笑容的脸蛋儿，仿佛那脸上沾了灰尘似的。

要不先找人客串一下？过几天再把她们介绍给他？王菊花说。

王红云说，我不是没想到，可是一时没合适的人选，太差的怕失了信誉。

王桂花试探地说，要不让小丫姐再帮帮忙？

王红云警觉地看着王桂花，你俩没捣鬼吧？

嗨，看你想哪儿去了，还亏你是咱姑呢！是你让咱出主意的。我琢磨着，就是人家能看上小丫姐那也仅仅是暂时的，初中毕业生和大学老师八竿子也扒拉不到一起，啊。

她可是有大学本本儿的。王红云担心地说。

假的就是假的不是？这文凭在别人那里分不出真假来，在大学老师那里还能蒙得过去啊，一谈话准就露馅儿了。退一万步说，就是出现了意外，不也没便宜别人家，都是咱老王家人啊。王桂花极力怂恿着王红云。

王菊花说，桂花你别出馊点子，人家小丫姐现在也是有身份的人，她肯定不会干这事了。

王红云盯着王桂花看了足足一分钟，犹豫地说，要不让她再友情出演一下？我还是要好好考虑一下。

王菊花说，我要去厕所，桂花你去吗？

去去去，我都憋得快炸了。王桂花说，菊花姐，你真是我肚子里的蛔虫，我想干啥你都知道啊。

那赶紧着点，还废话，你这种坏习惯早晚要憋出尿脬癌来。

那叫膀胱癌，白在城里混了这么久，还尿脬尿脬的，土得掉渣。

真让你那里长上癌你就顾不得喋喋了，什么尿脬膀胱的，还不都是盛尿的，你不去我可走了。王菊花往外走，王桂花紧跟着撵出来。王红云在她们身后不耐烦地喊，快去快回，说过多少次了不要一块去上厕所，以后可都给我记住了！

王菊花气鼓鼓地站在公厕里等着王桂花。小能豆子，你疯了，净出馊主意，让小丫姐去客串，捂盖还捂盖不过来呢，你还把蒺藜往怀里揽。

王桂花拿眼白了白王菊花说，头发长见识短不是，我是急中生智，捂盖是捂盖不住的，姑姑只要一打电话就露馅儿，还不如把小丫姐推上去，只要小丫姐和那人把话说圆了不就能蒙过去了，咱就里外光溜溜的不是？

王菊花说，是有道理，那赶紧给小丫姐打电话，让她想办法不让那人说咱们已经给介绍了才是。

王桂花和王菊花一起猫着腰朝公用电话亭跑去。

小丫姐，你那事搞定了没有？姑姑就要采取行动了，我们推荐你，你就答应着，假戏真做就是了，千万别说咱啊，会被骂死的，俺爹娘也要跟着遭殃的，让那人也别说啊。

小丫在电话里笑笑说，嗨，有那么严重吗，我知道了，放心，有小丫姐在，天是不会塌下来的，你俩不会挨骂的。

王菊花和王桂花心里的石头落到尖尖的凉鞋后跟上，两个人慢慢悠悠地扭搭着，并不在意王红云的命令。她们早已厌倦了自己的工作和老板。

一份看不见前途的工作。

一个总是承诺让她们的钱包鼓起来的老板。

王红云双手掐腰站在门口等待她的两个侄女回来。两个叛徒。两个吃里扒外的东西。她的脸上和脖子上密集着火烧云。隔着条马路她就喊起来。赶紧点给我滚回来！

王菊花和王桂花对看了一眼，知道大事不妙，低着头进来。王红云用颤抖着的手掌啪啪地拍着桌子上王安南和十二个女子的登记表说，你俩行啊，吃里扒外的东西，跟你姑玩起花样来了，说，王小丫给你们什么好处了？不愿意干了是不？翅膀硬了是不？硬了就滚啊，想跟着王小丫学是不？你俩长那块骨头了吗？有本事就给我滚，滚出去！

王桂花说，你也别把咱看得那么下作，咱什么好处也没得着，就是干点好事，小丫姐做梦都想找个有学问的，这事你拿到哪里也说不出咱个不字来，为这么点事就叫咱滚，说明你也从没把咱当自己人，俺现在就滚，不过人家已经成了，你也别想着给黄了，出尔反尔，显得你这婚介所没真事。说完，义无反顾地拉着王菊花走出妙缘婚姻介绍所的门，奔王小丫而去。两个人在公交车上达成一致意见，见了王小丫就一个劲地哭，多说些好听的话，直到王小丫答应留下她们为止。

王桂花和王菊花一人拿着一条王小丫的毛巾，添油加醋地诉说着被王红云赶出来的经过，把眼睛和鼻子擦得通红，直到王小丫答应留她们在店里，她们的鼻子和眼睛才得到休息。

这一天，王桂花和王菊花成为了王小丫的员工，她们的钱包比在王红云那里厚了一倍。这天晚上，王菊花和王桂花数着王小丫提前付给她们的工资兴奋得一夜未合眼，姐妹俩躺在王小丫店铺的沙发上愉快地回想着王红云的谩骂。

12

《一帘幽梦》的演职员表像缓缓拉起的门帘徐徐上移，乔红左手的拇指快速地按在电视遥控器的红色按钮上，电视机打了个喷嚏就断气了。王江山把眼睛从报纸上抬起来，不满的眼神通过老花镜凝聚成两股反动势力站在乔红的脸上——不是说好的么，等你看完了电视剧我看新闻，这又哪根筋不对了？王江山边质问着边伸手来拿遥控器。乔红的左手拇指抢先一步带领着其余的四个手指落在遥控器上。乔红说，不是不让你看新闻，先讨论完问题再看，看晚间新闻，你没发现王安南最近这段日子很不正常？他早出晚归，我都快半个月没看见他睁着眼的样子了，他准又是和哪个女人搞在一起了，要不就是因为快期末考试了，你说，会是怎么个情况。打电话找他回来，我有话要对他说。王江山看着乔红搭在遥控器上的左手，记忆里它还是白皙修长的，不知什么时候岁月已经更改了它的颜色、形状和质地，原来瓷白的细润的绸缎已旧了，薄了，皱了，塌陷了，僵化坚硬的血管像穷困潦倒的人躺在破旧的床单下，身子下面是硬邦邦的枝丫杂乱的树枝。王江山看着老伴衰老了的陌生的手，心里面突然生出了一股爱怜，突然明白在晚年沉迷于言情剧的乔红，一个在别人年轻的故事里寻找年轻的遗憾的女人。他把原本为着争抢遥控器的手盖在乔红的手上，试图掩盖住那只手的衰老，不承想看见的是自己更加老旧的皱褶的手。他握起乔红的手，说，老了，看看咱俩的手，都老成什么样子了，想想刚恋爱那会儿，你那手真就像葱白一样，我都不敢握，生怕把它握脏了握折了，岁月如烟啊，都怪我无能啊，让你吃了那么多苦，为这个家操劳一辈子，硬硬地让你老成了这个样子。王江山突发的感慨如同氯霉素眼药水点在乔红的眼里，先是把乔红的眼睛刺激得红红的，水波荡漾，接着通过鼻泪管进到乔红的嘴里，一下子翻出整辈子的苦涩。她右手抽了张餐巾纸擦了擦眼睛，然后使劲咳了咳喉咙，把苦涩的唾沫吐在餐巾纸里。她说，有你这句话我也就知足了，王江山看来你还算是有点良心，顿悟得还不算晚，还能在我咽气前听到一句像模像样的话，可惜啊，我看来是等不到王安南顿悟了，在他眼里我就是他后妈，他是非要把我给他做的新棉袄当成芦苇的，非等我这心为他操得碎碎的放到盘子里让他嚼着他才知道。王江山拉过乔红的手，把自个的另一只手也放上去，深情地说，你啊，就这刀子嘴豆腐心的脾性，一辈子了，看来是改不了了，我还真就是顿悟了，突然就觉得你的叨唠数落就如同那些陈年的老歌，我怎么早就没听出来呢，怪吧？想想这辈子咱们打啊闹啊，受不了你这嘴的时候，离婚的念头都冒出来过，走到今天，不容易啊。乔红撇着嘴说，太阳从西边出来呀，说这么些肉麻的话，老不正经的，打哪儿学来的，早干吗去了？王江山笑笑说，咱们啊，好好地过咱们顿悟后的日子，别再为孩子们操心了，他们都大了，三十好几的人了，路得由他们自己走，管多了落埋怨，你啊就不要老张着你那老母鸡的翅膀了，把那翅膀放下来歇歇吧，啊。乔红说。我也知道是这么个理儿，可这心里老放不下，明明知道自己的翅膀已经老得翎都掉光了，可就是收不回来。你说，王安南都三十五岁了，家未成业未立，凭他的业务该晋教授了，可到现在连副教授还没晋上，你说我能不着急吗。不管怎么说，这孩子就一头犟驴托生的。乔超红吧，原来还算是让我放心的，可现在又离婚了，孤单单的一个人在外面，你说，赶哪天咱俩都不在了，逢年过节他们俩连个吃团圆饭的地方都没有。说着，乔红眼里荡漾的水波变成飞流直落。王江山说，看你，怎么不听劝呢，又舞张你那掉翎的老翅膀了，听人劝吃饱饭，孩子有孩子的选择，有他们自己的生活，咱有咱的生活，从此以后，咱们就出去旅旅游，锻炼锻炼身体，逛逛公园，看看报，安度晚年，孩子们的事不管了。乔红长叹口气跟着重复说，不管了。

13

　　通过一段时间的接触，王安南和王小丫之间的亲吻已经可以有手指和语言伴随了，尽管王安南怎么也说不出我爱你这三个字，但他已经可以接着王小丫的"我爱你"说"我知道"或者"我也是"。他跟王小丫说过好多次"我喜欢你"。王小丫并不追问为什么，也不追问王安南为什么从不说"我爱你"。在王小丫的心里，她已经满足得忽略了那几个字的差别。在王江山和乔红相互握着衰老的手的这个夜晚，王安南觉着可以在母亲醒着的时候回家了。这个夜晚，王小丫提着一兜子帮他熨好的衣服到学校找他。这个夜晚，他握着王小丫的手说，你是个很适合做老婆的人。

　　王安南打开家门看到了他从未见过的一幕。他的打了一辈子架的父母握着手坐在沙发上，泪眼婆娑。一瞬间，王安南以为自己看花了眼，他眨了下眼皮，再看，他母亲的手的的确确被父亲的手握着。准确无误，是母亲的手。母亲的手打王安南有记忆起就是这个物质世界里他最熟悉的东西，尽管他知道他是不能把母亲的手称作东西的。他曾目不转睛地看着母亲的手，看它的落点。他曾不止一次地想到，他是一朵向日葵，母亲的手就是那不落的太阳。即使在晚上，那太阳也会跟进王安南年幼的梦里，把他颤抖着拽出梦乡，丢在父亲粗鲁的鼾声和乔超红老鼠啃木头一样的磨牙声里。母亲睡觉时没有声音，母亲是一个在梦里也会坚持自己的高傲和矜持的人。这让从梦里醒来的王安南更加担心，他觉得母亲的无声无息代表母亲在黑夜里睁着眼睛看着他，母亲的手指在黑暗里指着他，那指甲缝里还残存着一星点黑色的墨汁，如同一粒小小的雀斑，一只小小的精灵的眼睛。

王安南第一反应是家中发生了什么不幸的事情，因为只有灾难才能够让平日里彼此仇视的人们化敌为友。他小心地问道，有什么事情吗？

乔红瞪了一眼儿子，把抽回的手在半空中拐了个弯，用沾了王江山汗水的手指着王安南说，咱们家所有的事情都是因为你发生，你坐下，汇报一下最近怎么回事，总是看不见你人影。

王江山拍拍乔红的肩膀说，不是刚刚说好的吗，不再管孩子们的事情了。

乔红晃下肩膀说，不要你管。

王江山无奈地拿起已看过的晚报说，唉，改不了的脾气，你也不嫌累。

乔红说，刚刚怎么说来着，你不要让我失望，王江山，咱俩这辈子最大的分歧就在教育孩子身上，亏你还是教授呢，还教书育人呢，打他们小起，我一教育你就跟我唱反调，好人全是你当，我就是孩子们眼里一混世魔王，你看看你那张困难脸吧，一看就没立场。

乔红虽像以往一样跟王江山说着训斥的话，可那语气已和平时不一样了，如同前些天给王安南写大字报的墨汁——没有了以往刺鼻的气味。

王安南暗暗松了口气，知道家里并没有灾难发生，而是发生了他曾渴望过多少次的转变——他的父母恩恩爱爱，有说有笑，轻松快乐。他的心因为母亲的语气变得快乐起来，这种快乐一下子把他软化成孩子，他情不自禁地说，爸爸，说说看，你刚才说什么来着，让妈妈这么高兴。

王江山说，我刚才说今后要把你妈的叨唠数落当陈年的老歌来听。

乔红说，别耍贫嘴，王安南，你爸说了，从今以后要和我同心协力教育你，你先说说我最近为什么看不见你的人影。

王安南说，我不是天天都回来吗，怎么说看不见，看不见是因为你在睡觉，不是我没回来。

乔红说，王安南你闭上眼睡觉的时候是我儿子，一睁开眼就变成一头犟驴，你以为你妈的眼睛老了，昏花了，不管用了对不？我眼睛就是瞎了也知道你王安南最近这段时间出现了新问题，老实交代吧。怎么回事？

王江山说，安南，你也得理解你妈的心，她啊，一辈子都是刀子嘴豆腐心，她是关心你，你不要有抵触情绪，你是不是又怕我们叨唠你关于期末考试的事故意晚回家？

王安南说，看来是国共终于合作了，柏林墙在今天晚上被隆重推倒了，我正式汇报，我打算结婚了，你们要是没有意见我改天带回家来接受你们的审查，看能否过关。

都打算结婚了还说什么审查过关的，你这次真打算结婚？乔红问。

我上次不说了么，我是揭了皇榜的，也许是缘分吧，我觉得这人很适合我。

真动了结婚的心思就好，不是我们逼你，人总是要找个生活的伴儿，彼此好有个支撑，你自己看好就可以了，我和你妈都不再操心了。

还是带回来看看吧，帮你参谋参谋，毕竟是人生一辈子的大事，我们毕竟是过来人。乔红犹豫地说。

王安南说，我就是请示一下，你们同意带回来我才带回来。

王安南回到自己的屋子里黑着灯躺到床上，生怕一开灯就会把客厅里的温暖给冲淡了。他伸展着四肢，伸成乔红平日里不允许的姿态。他愉快地想起王小丫提着他衣服的手，王小丫手上被电熨斗烫红了的地方，花生米大小，朱砂的颜色，女人红色的温柔。

乔红咚咚地敲了三下门说，王安南你出来，还有一件事情。

王安南重新回到客厅，重新看着母亲的手指。

乔红伸直右手的食指对着天花板晃了晃说，你妹妹今天来电话叮嘱我们不要忘了提醒你，给、学、生、及、格、不、要、和、领、导、对、着、干。乔红一字一顿。

王安南一听就急了，超红是这么说的？她怎么也不理解我？你们都不理解我？爸也不理解我？我解释过多少遍了，我、不、是、和、领、导、对、着、干！从、来、都、不、是！我再郑重地重申一遍，我不是！我、是、尽、我、当、教、师、的、职、责！你让爸爸说。他能够在错的题上面打上对号吗？他能吗？妈妈，你能吗？你说你能吗？是你从小就教育我做人做事要讲原则，你怕我记不住给我贴大字报，就贴在我的床头好几年，你不是说，这个世界里最可怕的就是没有原则吗?

王江山沉思良久说,总是可以找到折中的办法,比如把考题出得简单一些,或者,嗯,或者,重点辅导一下,办法很多,工作是要讲究策略的。

乔红说,王安南你可能认为自己做得很对,认为你自己是在讲原则,给不给学生及格是你做老师的权力,但你应该考虑到一个实际问题,那就是它已经影响到你的前途。副教授晋升老是被刷下来跟这个有没有关系?不是已经惊动校长了吗?你怎么就不肯动动脑子?你的脑子都干什么用了?我是教育你做事要讲原则,我让你给学生及格不要和领导对着干并不等于说我不让你讲原则,原则也是有尺度的。

王安南知道超红早就把问题汇报过了。王安南知道自己再怎么辩解也没有用处,搞不好会把刚刚有所改善的家庭气氛搞僵了。他沉思了一下说,你们说得都对,我注意就是了。

14

　　给不给学生及格一直就是个令王安南头疼的问题。或者说是一个让很多人头疼的问题。最先头疼的是王安南的一些学生，后来是王安南的领导，再后来是乔超红、乔红和王江山，最后才是王安南。

　　王安南在学校教授物理化学，是学生们必修的一门基础课。王安南教课的第一年就创下了全校所有学科中不及格率最高的纪录。当时，学生们一片哗然，75％这个数字让他们既愤怒又担忧。他们认为老师是在故意刁难他们，他们组织了一个小的代表团出面和王安南谈判，希望老师重考或者重新判卷，实在不行，缩小补考的范围，把考试重点划得突出一点，再突出一点。在得到王安南的断然拒绝后，这个小的代表团把问题逐级上告到校长。他们提出一个新的论点，"学生的成绩代表着老师讲课的水平"。学校为此专门开了一次观摩课，组织了一个裁判团。最后得出结论：王安南的讲课水平还是很不错的，不及格率过高是由其他原因造成的。这件事情使王安南迅速成为名人，常常有学生在他背后指指点点，相互转告"那个就是最狠的老师""不及格大王""不及格老师"。那帮学生为了补考能过关，提心吊胆地学习着，提心吊胆地对王安南微笑着。从此以后，一级传一级，老乡传老乡，好友传好友，学生们都知道那个不好对付的老师和那门不好对付的课程，学起来就格外认真，不及格率大大地下降了。王安南和学生和领导相安无事数年。

引发连锁头疼的是最近几年的事。王安南发现不及格的学生不但突然增加，而且那些不及格的试卷不是空白就是胡乱涂鸦，问题回答得让王安南哭笑不得——答非所问，就如同问一个人你吃饭了没有，那人说我刚刚拉过屎一样。王安南把这部分学生召集起来给他们进行辅导，发现他们是一些很特别的贵族，他们的穿着打扮、言谈举止都与众不同，他们听课的眼神也与众不同——仿佛讲台上站着的不是他们的老师，而是一个讨厌的叨唠的"事儿妈"。他们用高傲的桀骜不驯的眼睛不耐烦地盯着王安南，痛苦地盯着王安南。王安南痛苦地盯着他们和他们补考的试卷。

这些贵族学生在高档酒店设下筵席宴请王安南。王安南知道那桌子上的每一道菜都是一个要他废除原则的请求。王安南坚决拒绝了。接下来他们把包装精美的礼品送到王安南面前，说是为答谢他们尊敬的老师表示的一点小意思。王安南知道那精美的包装盒里是很昂贵的东西，甚至是他很需要的东西。他也知道很多老师都在收"一点小意思"。（有人告诉他有一些老师为了收到"一点小意思"故意提高试题的难度。）可是他不能要，不是为了标榜自己多高尚，而是觉得自己没办法在那些答非所问的卷子上打上对号。

上学期的最后一天，王安南很荣幸地接到了去校长办公室的通知。校长和蔼可亲地和他拉了些家常。在叙谈中得知校长和王安南的父亲曾经是中学的校友，和王安南的母亲是大学的校友，王安南来学校的时候乔红曾托人找过校长。王安南忐忑不安地看着校长金丝框眼镜后面的两扇小窗户，等待着主题的真正来临。在这之前，王安南曾就自己五次晋升副教授失败的问题给校长写了一封信。他很高兴，自己的信得到了领导的重视。突然，校长话锋一转说，学校的发展是离不开社会各界支持的，安南你应该比任何人都更支持我的工作才是。王安南连忙说，那是，那是。校长说，可是有反映说你在学生的及格问题上做得有些欠妥，你该注意啊。王安南说，我讲课按照教学大纲讲，考试按照大纲考，我没什么啊，我绝对没有别的意思。校长你不知道，现在有些学生笨得简直就没法说，就是学不会，有的或许能学会但就是不肯学，我都不知道他们是怎么考进来的，他们进来是干什么来了？！校长抬起右手在离办公桌二十厘米的空中做了个往下压的手势说，说话还是要注意分寸的，就事论事，实事求是。我再重申一下，希望你能够支持我的工作，更希望你为学校的教学和发展做出贡献，在一些问题上不要固执己见，就拿学生及格率的问题来说吧，要多方面找原因，不要认为把学生难倒了就是学问做得好，学生考不好自有学生的原因，但也不能说就完全没有教师的原因，关于高校不及格率的问题国家教育部是有明文规定的，不得高于2％，这是对我们工作的一个明确指导，今天就到这里，我还很忙，有什么问题我们改天再探讨。校长边说边做了一个请出去的姿势。王安南顺着校长手指的方向挪动着自己的身体，他的脸还恋恋不舍地看着校长，他的嘴巴里有很多话要说出来，关于及格率的问题，关于他的职称评定的问题，关于他支持校长工作的问题，关于对学校的发展做出贡献的问题，还有及格率和社会各界对学校的支持的相互关系问题。但校长的手指是那么不容商量，威严地指着房间的门口，王安南知道自己最好的选择就是把脸扭向门口，三步并作两步地走出去。校长，我查过资料了，是不得低于4%，而不是您说的不得高于2%。王安南脱口而出。也就是这一瞬间，王安南看见校长金丝框眼镜后面的两扇小窗户里有某种东西迅速消失了，犹如两个季节的更替。校长的眉头皱了起来，嘴角的下沿却撇开了，拽出一个自嘲的笑容，劝慰自己无须和这种不明事理的人一般见识，他狠狠地拍了下桌子，然后将手重新指向门口，四个疼痛的手指在怒吼——出去！出去！

　　王安南看了一眼校长的手指，明白了它上面颤抖的愤怒和不屑。他无言地走出来，他听见校长大声地自言自语——这不是成心找事吗？王安南丈二和尚摸不着头脑，搞不清楚及格率和社会各界和支持校长工作和学校的发展建设和成心找事有什么关系，他对自己说不就是要给他们及格吗，不就是要我没原则么，全都给他们一百分！他回到办公室找出试卷，最上面就是那些不及格的，他拿起笔去修改那些给他惹来是非的数字，他嚓的一声把原来的数字画掉，但他怎么也无法在那些胡乱涂鸦的试题上面打上对钩，原来的那些大大的红红的 × 伸展着愤怒的四肢看着他。王安南看着它们，突然他的头剧烈地疼起来，疼得他几乎睁不开眼睛。母亲的大字报——王安南做人做事都要讲原则！在他的眼球上唰唰地抖擞着，如同寒风中旗杆上的旗子。

15

中秋节的前一天晚上，王小丫和王安南终于完成了他们的第一次做爱活动。活动结束后，王安南闭着眼睛对王小丫说，明天跟我回家见见我父母吧。说完这句话的王安南头一歪，便鼾声大作，陷入一种充分释放后的类似死亡的昏迷中，像电影镜头里遇害的主人公用尽所有的力气交代完最后的心愿，垂下头颅，牺牲。

明天跟我回家见见我父母吧。是赤裸的发着巨大鼾声的大学老师留给王小丫的一串等待了很久的糖葫芦，十二颗沾着糖稀的山楂，酸酸的甜甜的。王小丫仔细地咀嚼着，品味着。

这意味着什么？王小丫问着自己。

意味着：这件事情已经被搞定。

意味着：这个男人已经被征服。

意味着：他对这次活动是满意的。

意味着：她将嫁给这个渊博的高贵的城市的男人。

意味着：她将拥有这个渊博的高贵的城市的男人。

意味着：她心底里的空地将绿草茵茵，繁花盛放。

意味着：她将是这个巨大的城市里更加渊博更加高贵更加城市

的女人。

意味着：她的腿再也不会在这片天空下发抖，她的心再也不会空落落的没有依靠。

一串糖葫芦。

又一串糖葫芦。

王小丫兴奋得跳了起来，打开衣柜，翻找出所有的衣服在镜子前比试着。一件又一件。原本得意的，此刻看来都有了一些不太满意的地方。王小丫关上衣橱门决定到商店寻找更加合体的合高级知识分子眼光的衣服。她对着王安南的裸体想了想"老师的教诲"，然后轻轻地把粉红色的蚕丝被盖在王安南的身上，倒好半杯水，写了一个纸条：宝贝儿醒了要记得喝水，再加点热的，不要喝凉的，我去趟商店，在家乖乖地等我哦。

王小丫走出门来急忙给她的"老师"赵历历打电话。这是"老师"的要求。

赵历历不等王小丫开口，先问，搞定了？

王小丫回答说，搞定了，谢谢你。

这么半天？我还以为你累死了呢，好吧，还算你有良心，还记得给我打个电话。

我不能当着人家的面打啊。

哎呀，那人精神头还很足吗？是不是特旺盛的那种？

看你说的，早都睡得跟死猪似的了，我又试了试衣服，他邀请我明天去见他父母。

这还差不多，毕竟是我的徒弟嘛，靠，我们的任务就是放倒男人。

你说吧，怎么宰我，我一定好好请请你。王小丫说，不跟你聊了，我还要去买件衣服，你说，什么款式的好。

哎呀，这还要问，知识分子嘛，是眼光最落后的群体，你就拣着那种最古板的最规矩的又死贵的老名牌买。

是这样吗？王小丫不放心地问。

没错，姑奶奶我可是阅人无数啊，听我的没错，买礼物也要买那种所谓进口的死贵的水果什么的，简简单单的，不要让人觉得你巴结着他们家，咱打的就是这张牌——有钱，小资——你虽是高级知识分子，我也不怕你。

对，对。赵历历一席话说得王小丫频频点头。

赵历历问，事后温柔，温了吗？

温了，我啊，给他倒了半杯水晾着，还写了张很肉麻的纸条。

出徒了，看来你这回是掉进去了，不扯了，记得请我啊，什么时候也让我见见你那大学老师。

赵历历是王小丫在电子街打工时的室友。那时的赵历历在一家夜总会当小姐，后来嫁给了她的顾客。赵历历从来都不掩盖自己的职业，用她的话说，她热爱自己的职业，她热爱和众多的男人搞做爱活动。她说，这是世界上最适合美丽女人的活动，不但愉悦了身心，消耗了多余的能量，保持了苗条的身材，还能得到丰厚的报酬。赵历历出嫁前曾经和王小丫有过一次促膝谈心，她对王小丫说，我很佩服你的独立自主、自力更生、勇于奋斗、敢于拼搏的精神，但我认为你这样太过辛苦，你可能瞧不起我，但我是把你当朋友的，我想给你几句话，真正的肺腑之言，我在这个职业中得出的经验教训——那就是把爱做好，两口子之间只要把爱做好了基本上没什么大问题。性,这个东西是非常有魔力的,它能让一个意志坚定的人——不管男人还是女人意志崩溃,我老公和他前妻曾经风雨同舟,但是他们不协调,后来遇到我,宁愿舍出三分之二的家当换作和我在一起的自由。后来嘛,我之后他也花花过,我不着急,我知道他会回来,回来后就死心塌地了,因为我知道怎样驾驭他,怎样放倒他。所以,我不用像你那么辛苦就能拥有所有女人想要的日子,这就叫男人征服世界,女人征服男人。这可是门学问,如果你哪天用得着,尽管来找你历历姐。

王小丫平时并不主动跟赵历历来往,偶尔的见面都是赵历历逛街时,到王小丫的店里不咸不淡地聊两句。她内心里其实是很看不起赵历历的。不是看不起赵历历的日子,她是看不起赵历历曾经当"小姐"的历史。

认识王安南之后,王小丫感觉自己像一个没有特长的学生参加高考一样,只有努力把每一门功课都做好才有可能被录取。所以,她不敢轻易和王安南把爱做了。她怕把爱做坏了,扯了其他几门功课的分数,她也就落榜了。她决定跟赵历历请教。

世界上再也没有什么比请教性的问题更能快速地拉近两个女人之间的距离了。只一句话,两人就变得亲密无间。

赵历历家装饰豪华的客厅里,两个女人相对而坐。

王小丫难为情地说,历历姐,我要拜你为师。

赵历历说,这次活动的核心内容和灵魂所在就是要把床叫好,动作上不要花样太多,要显得自己既没有经验但又不缺乏灵感,所以,这叫床是关键所在,记住了。

哦,王小丫乖乖地点了点头。

知道怎么叫床吗？先叫两声给我听听。

哎呀，我可叫不出口，你别涮我了，快说吧，还有什么问题。

赵历历说，你要确保成功就要虚心好学，我是怕你叫错了，你别笑，真的，嗨，你听过一个笑话没有，说的是一个男人到国外旅游，在外国娘儿们那里体会了从未有过的性福，回到家和他老婆搞活动的时候说，你也叫叫床嘛，连床也不叫，做得个啥劲啊？他老婆羞答答叫起来，床啊，床啊，床——啊——床啊——，硬把男人给叫阳痿了，你别笑，这说明了什么问题你知道了吧？现在，咱们的课正式开始。

赵历历认认真真地教王小丫怎么运气怎么吐气，怎么让一个啊字在气流中进出得如初绽的白玉兰在春风中颤动，如五彩的流苏在空中飞舞，如大大小小的琉璃珠掉落玉盘。

16

　　尽管王安南在父母的面前说尽了王小丫的好话，王江山也苦口婆心地给乔红做了思想工作，乔红的眼睛在看见王小丫的时候，还是禁不住地往外泄露挑剔的失望信息。乔红的眼睛时不时地像探照灯一样对着王小丫扫来扫去，看得王小丫心里冷飕飕的。王小丫从看见乔红的第一眼起，就知道乔红是一个很不好对付的女人。乔红那经历了多年风霜的美貌让王小丫自惭形秽。整个晚上，王小丫都不敢接乔红的目光，她觉得乔红的眼神跟医院里的 X 光机一样，把她的心肝肺、尿脬、肠子都看得清清楚楚。回答乔红的问话时也只是礼节性地瞟一眼，赶紧微笑着低下头去。王小丫知道沉默是金的道理，她几乎不参与王安南一家三口的谈话，只是静静地坐在那里，一点点一点点地往嘴里送着些许的东西，等待着吃饭活动的结束。

　　王小丫用眼角的余光扫描着乔红那被岁月更改了颜色、形状和质地的手，看见她的右手慢慢地优雅地散开手指，轻轻放下筷子，在筷尾挨着桌面的时候，无名指和小拇指向上抬起，如风中的花瓣一样颤悠着。王小丫问，阿姨吃好了？乔红点了点头。王小丫赶紧站起身收拾碗筷。乔红严厉地看了一眼王安南。王江山说，姑娘你坐着，你是客人哪能让你来干活，你让安南干。王安南只是笑眯眯地看着他的母亲，把自己的碗筷递到王小丫的手里。乔红扯了扯嘴角走到客厅。王安南在后面步步紧跟。乔红坐下，他紧挨着坐下，像个等待机会向母亲讨要零用钱的孩子一样。三十五六的人了，倒不懂礼貌了。乔红推了一把王安南。王安南见母亲并不打算和他简单地谈论对王小丫的印象，便来到厨房帮王小丫洗碗。

王小丫拧开水龙头，紧张了半天的手指在清凉的水流里恢复了轻松和自信。白瓷的碗碟在她的手里愉快地旋转着，水流在上面分散成白色的小珠子飞射出去。她边洗边等待着王安南，她知道王安南没跟她一起进厨房，定是趁她不在的空当和他的父母交流意见去了。一滴汗珠经过她的额头到达鼻尖，在那里跳跃而下。她突然想起自己脸上的妆可能花了，抬起头来看是否有镜子。她惊讶地看见水池子上方白纸黑字的大字报：王江山不要把水龙头开得太大！她心里咯噔一下，刚刚轻松了片刻的手指紧张得差点把正在旋转的碟子碰到水池上。她赶紧把水龙头拧小，回头看见王安南站在身后。

王安南又从王小丫的眼睛里看见了在做爱活动中见到的眼神——一种努力想把问题回答好的学生的眼神，紧张、认真，又有点讨好的味道。王安南赶紧安慰王小丫说，没事的，好多年以前贴上去的，以前是心疼水费，告诫我爸爸的，后来呢，生活好了，我妈妈又心疼国家的水资源，所以就坚持贴在那里，为的是给国家节约水呢。

王小丫说，那能节约多点儿？她的心里则在嘀咕，八成你妈妈是有病吧？

王安南边说着话边四处环顾，从门后面提过一个红色的塑料桶来，对王小丫说，这是个废水桶，水池子底下有个开关，除了头遍洗碗水不要外，后面的打开开关流到水桶里。

王小丫问，留脏水干啥？

废水再利用啊，冲厕所，洗拖布，浇花。

王小丫看着因为废水桶而弯的大学老师的后背，心里面突然像有毛毛虫蹬了蹬腿。

王小丫带着乔红的眼睛、大字报、废水桶留给她的深刻印象坐在回去的车上。她看着车窗外面黄黄的像个玉米饼子大小的月亮，回味着，琢磨着。她想起王安南俯在废水桶上的后背，心里面那条毛毛虫迅速长大。她拿出手机拨通赵历历的电话。

赵历历说，嗨，嗨，感觉怎么样啊？搞定他们了吗？他们有没有对着你的礼品睁大眼睛啊？我敢打赌，他们一辈子都没舍得买过。

王小丫说，嗨，对着我睁大了眼睛呢，那老太太的眼睛特厉害，我都不敢正视。一家子人都怪怪的，唉，他们家里还贴着大字报呢，没听过吧？是啊，都什么年代了，真是的，说是为了给国家节约水。

大千世界无奇不有，这有什么，没有节约的哪有浪费的？就像没有性无能的就不能显出性亢奋的一样啊。

你离了下半身不会说话啊？王小丫看了一眼旁边的出租车司机，把手机换到右耳边。你这么一说，我的心就痛快点，不知为什么，看见他一个堂堂的著名大学里的老师弯着腰费劲地弄个破开关接洗碗水，我这心里特别扭。

你啊，是把你那大学老师美化成神仙了，大学老师不也是人么，他也要过日子不是，这说明他们是良民，没贪污受贿，就靠点死工资，就得这么着，你以为人家找你就真是为爱情，告诉你吧，一大半是为你的钱，你要是身无分文，看他还跟你谈爱情吗？

王小丫不愿听这些，岔开话说，你也别说，人家高级知识分子就是和咱不一样，老太太会说俄国话和法国话，不骗你，老太太接外国朋友的电话就用外语，呱啦呱啦的，特好听。一家子说话，有时也还说外语呢。

那你以后要小心人家用外国话骂你，你还以为表扬你呢，再一个劲地对人家说，谢谢，谢谢。赵历历有点幸灾乐祸，好像王小丫已经被外国话骂了一样。她想说，王小丫你别太得意了，剃头挑子一头热，高级知识分子家是好，但不见得就能让你幸福。她咽了口唾沫酸叽叽地说，人啊，各有所长，有的人性激素多，有的人钱多，有的人知识多，各有所长啊，喝喜酒别忘了请我啊，我可是要灌灌你的大学老师的。

王安南送走王小丫后回到家，看见王小丫提来的水果还原封未动地待在鞋架子旁边，他提起来放到客厅的茶几上说，洗了尝尝吧，都是外国进口的呢，我还从来没吃过呢。王江山说，我到国外做访问学者的时候都吃过，你妈也没少吃，她比我出去的次数还多，这些东西一进口就被商家搞得贵得没谱，好像是从天上摘下来的似的。

乔红说，只有爱慕虚荣的想显摆的人才送这种礼物呢。

王江山说，这么说就偏激了。

王安南说，妈，你怎么这么说人家，人家第一次来拿捏不准家里缺什么，买点稀罕的东西讨你高兴罢了。

乔红说，王安南你就真的那么了解她？我看未必。这人长相一般，就鼻子还说得过去，文化素养不算高，而且心虚得很，她都不敢看我眼睛。

王安南说，那是因为你眼睛太厉害了，我到现在还不敢看呢，我从小就只敢看你的手指头，人家又没有说多少话，你怎么得出这么多结论，第一次来又没做错什么，怎么会心虚？

王江山说，这么说人家姑娘是不厚道的，我看挺好嘛，对安南好就行。

乔红说，这只是我的感觉，不过对安南好倒是真的，一个女人只有喜欢一个男人的时候才舍得给他花钱。经济状况和工作能力听安南说也不错，这一点还是可以的。这婚姻大事，谁也替你拿不了主意，我和你爸就是帮你参考一下，你听也可以，不听也可以，意见嘛，已经说了。

王安南看着母亲犹豫地问，这么说你同意了？

乔红说，这话我可没说，你同意就行，我是不管了，你都三十好几的人了，我和你爸都奔七十上去了，不能一辈子管着你啊。

一滴葡萄汁滴在心头，王安南怅然地叹了口气，看着外面天空里像被人不小心踩扁了的橘子一样的月亮说，你早这么说就好了。他想起乔红为那个他深爱的护士赶他出门的事情，他的书和衣服被乔红扔在楼梯上。想起二十年前的那个月光皎洁的夜晚，床头上命令他不准谈恋爱的大字报。

乔红说，听你这话是在埋怨我，我是你妈，是不会害你的，再说了，你那些爱情连一点风雨也经不起，算是爱情吗？

17

　　和王小丫到王安南家不同，王安南在王小丫的家乡受到了英雄一般的欢迎。村头上，王小丫的爸爸妈妈、爷爷奶奶、叔叔婶婶、大娘大爷、弟弟妹妹、左邻右舍，或蹲或站，望眼欲穿。加上走道的见这么多人聚在路口，一打听是村里的丫头领了大学里的老师回来，羡慕得很，也停下来等着看看大学老师长什么样子。三轮出租车像厨师手里的炒锅一样把王安南和王小丫上上下下、左左右右地颠着，王安南觉得体内的器官都快零散了，他的脚踩到地上的刹那真有一种出锅装盘的感觉。

　　人们都睁大了眼睛看着王安南，突然，人群里有人鼓了一下巴掌，接着众多的巴掌鼓起来。看见近百号人站在面前，鼓着经久不息的掌声，王安南的感动从被颠错位的脏腑里出来，他微笑着频频点头，伸出手和每一个人握手。大多数妇女孩子看看王安南的手后把自己的手缩在了背后，悄悄地站到远处。

　　王小丫的母亲看着英俊潇洒的王安南激动得泪眼婆娑，她拉着女儿的手不停地说放心了，放心了。

　　王小丫悄声说，还行吧？你是不是担心我领回个老头子来？

王安南边握手边说，小丫，你也介绍一下呀。

王小丫松开妈妈的手，从她的爷爷奶奶开始逐一做介绍，王安南重新和被介绍的人再握一遍手。最后，王小丫挎住王安南的胳膊说，这位呢就是我的对象，他叫王安南，是 N 大学的老师，他的爸爸呢，是 A 大学的老师，妈妈是高级工程师，妹妹呢，是美国哈佛大学的博士生。

哎呀，哎呀，哎呀。乡亲们惊叹不已。

王小丫的爷爷说，这要搁在过去，一家人都是状元出身呢。

对，对，对。人们赞叹着。

一家子就组成个翰林院呢。小丫的爷爷又说。

对，对，对。人们赞叹着。

回到家，早有几个慕名而来的高中学子等在门口。王耀祖把他们拉到一边说，我姐夫刚到，让他歇歇脚，过会儿我出来叫你们。堂屋里，王小丫的大姐王云霞和二姐王彩虹倒好茶水等着王安南落座。一家人坐下后，反倒沉默起来，谁也不知道如何跟大学老师聊天。

王小丫的父亲说，喝茶啊。

王小丫的母亲说，快喝吧。

王小丫的大姐说，喝茶啊。

王小丫的二姐说，快喝吧。

王耀祖走过来挨着王小丫坐下。王小丫爱怜地抚了抚王耀祖的头发说，学习得怎样了？要抓紧啊，到时候咱一定考你姐夫的学校，就住在姐姐家，多方便啊。

那是名牌，我哪能考上啊，你饶了我吧。

看你出息的，想都不敢想啊？姐姐都能嫁到里面去呢，咱不是里面有人吗，包在姐姐身上。

行吗？姐，那也要够录取分数线才行的吧？真能走后门啊？

王小丫没有回答弟弟的问题，她把目光投在王安南的后背上，似乎那个后背可以给她一个答案。

王耀祖说，姐姐你和姐夫说一下，我好几个同学想找他请教请教。

王小丫说，你说你傻不傻，让同学都请教了去，这不是给你自己增加竞争对手吗？

都是好哥们儿，人家提出来，我怎么好拒绝，人家在外面等着呢，你跟姐夫说一下。

你姐夫可是给大学生讲课的。王小丫有些不情愿，但又不忍心让弟弟失望，只得对王安南说，安南，弟弟的几个同学等在门外边，想跟你请教请教呢。

王安南说，好啊，就是高中课本撂了好多年，有些东西怕是忘了，咱们相互学习吧。

在王安南给王耀祖和他的同学们辅导功课的时候，王小丫的两个姐姐和父亲悄悄到厨房拿出他们平日里舍不得吃的东西开始制作他们家有史以来最丰盛的宴席。王小丫的母亲则打开她陪嫁的箱柜，找出她仅有的一床绸缎面的被子和新买的床单，开始铺出他们家最干净最漂亮最温馨的一个被窝。她仔仔细细地将平床单上的每一道细小的皱褶，然后把那床紫红色的缎子被放上去，轻轻抻平整。被面上飞舞着好几对缀了金丝的龙和凤凰，那些凤凰展翅飞翔着，那些个龙则都瞪圆了眼珠子看着她。她的嘴角露出一个满意的微笑，她知道这床在三十三年前曾给她带来骄傲和荣耀的被子今天是真正地派上了用场。她一直没舍得盖，就是每年夏天拿出来晒晒太阳，还怕晒掉了颜色，只反着晒。就是说那些飞舞的龙和凤凰在她的家里是第二次被隆重展出。第一次是王小丫的爹和她结婚的那天，就是这些由亲戚从大城市带回来的龙和凤凰引得四周村里的媳妇姑娘都来观看，赞美。

王小丫看见她娘在铺床，凑过来说，哎呀，什么季节铺这么厚的被子？

她娘说，你不懂的。

王小丫笑了笑说，娘，这被不是你留着给耀祖娶媳妇的吗？怎么舍得拿出来啊？还真是漂亮啊，就是现在也一点不觉得过时。

好东西是永远都不会过时的，还是原来的东西好啊，你看这布多瓷实，这凤凰这龙活灵灵的，这被虽是厚了点，可是盖着它吉利呀，新姑爷第一次上门有讲究的，所以，娘才给你们盖这龙凤呈祥。她娘抬起头意味深长地看着王小丫，手仍在那些凤和龙的身上摸索着。

王小丫的眼里一热，她坐到床沿上，把头靠在母亲的肩上说，娘，我知道你对我寄予了很多的期望，我啊是不会让你和爹失望的，我现在事业上虽刚刚起步，但我知道一切都会越来越好的，我找王安南是有道理的，虽然他现在不如我挣得多，可是他有知识有地位，娘，你不知道，在城市里生活没有这两样就不会被人家看得起，心里总是惶惶的，现在好了，下一步啊，如果耀祖能考上大学更好，考不上就让安南给想想办法，我一定把弟弟和你还有我爹都弄到城里去过好日子，离开这穷山沟沟，咱也当一回城里人，让这周围的人羡慕得眼珠子都掉出来。

她娘说，小丫啊，娘知道城市里好，从你表舅姥爷从城市里给娘带回这被面来的时候我就知道，城市要不好哪能有这么好的东西呀，娘也曾经想着哪天到那些个地方看看，可是娘老了，根扎在这里了，挪不动窝了，不像你和耀祖，年轻，有活力，走到哪儿都能扎下根，你就想着帮帮你弟弟，就了了娘的心愿了。

小丫说，娘，你放心吧，弟弟的事我比你还上心呢，耀祖是背大的，他是你们的心头肉，也是我的，只要有我吃的，就不会缺着耀祖的。

她娘说，我知道你有这个能力，你知道咱村里小花她姐夫吧，开始在咱村小学里当老师，前年到乡里干教育上的小头头，哎呀，可吃香了，可能耐了，把小花她三姐和弟弟还有小花她婶子家的弟弟全都弄到乡里干办事员了，逢年过节的时候送礼的都排队呢，她娘在外面谝着说，他们家的肉吃不完都臭了，他们家的狗都吃肉呢。咱小丫嫁的还是大学老师呢，那能耐不比他还大老鼻子了，娘和你爹倒不图你什么，你只要把耀祖安顿好了，我和你爹就是吃糠咽菜也香得嘴里流油不是？

会的，一定不会比小花她姐夫差的，你就把心放到肚子里吧，咱要到就到省城，乡里干个办事员算个啥啊，别着急，一步一步来，我不是说了吗，我一定要让耀祖和你还有我爹过上好日子。王小丫说着，看着母亲皲裂的手指，忆起母亲的辛苦，眼里不觉有了泪光，她抓住母亲的手说，你这手怎么就好不了呢，一年四季都裂着口子，多疼啊……娘，我一定让你过上好日子，一定安顿好耀祖，你们过不好，我就是睡在钱窝里，嘴里含着蜜也不觉得甜。

她娘使劲握了一下小丫的手说，娘知道，娘放心，快去看看，该往茶壶里续水了。

小丫站起身来走到门口，又回过头来对她娘说，娘你知道吗，等到我把你们都弄到城里的时候，你知道这叫什么吗，就是毛主席说的农村包围城市。

她娘说，农村包围城市？这孩子就爱说瞎话，离那么远咋能包过来？

18

日子在甜蜜的爱情里总是长着翅膀的，眨眼的工夫就到了冬天。

入冬的第一场雪就像王小丫心头的爱情一样猛烈，王小丫看着漫天飞舞的雪花对王菊花和王桂花说，你们看，下雪的时候多漂亮啊，这雪花大得跟蔷薇花似的，就像是天上盛放蔷薇花的仓库门坏了一样。

菊花说，小丫姐你真浪漫啊，真是的，这雪花怎么这么大呀，小时候老听天女散花的故事，看来就是这样了。

桂花说，天女散花，这差事好啊，有这种活儿吗？吃饱了没事干，把些鲜花弄到花篮里，这么斜着身子，飞着，抖着花篮，把花撒到人间，地上的人啊，祖祖辈辈地念她们的好，祖祖辈辈地羡慕她们，可惜咱们没那好命，只能面朝黄土背朝天。王桂花说到这里，突然想起了什么，看着对面的花店出神。

王菊花说，嗨，嗨，嗨，想什么呢，真想当仙女去？

王桂花说，哎呀，你看那个男人，抱那么大一捧鲜花，那等着收鲜花的女人就是地上的仙女吧，还可能比仙女都神气，高兴了给男人个吻，不高兴了把那鲜花啪地扔在男人的脸上，这些城里的女人哦，才是仙女的仙女呢，咱就没那福气，我长这么大还没收到过鲜花呢，菊花你收到过吗？

菊花说，你自己不就是最香的花吗？我啊，我不像你那么虚荣，自寻烦恼，要那玩意儿中什么用啊，除了糊弄人啥也不当，就是有人给我送花，我还不乐意呢，还不如给我买套衣服呢！

王桂花拿鼻子哼了一下菊花说，哼，就你永远没出息，思想狭隘，你就不会想象那些收花的女人衣服多得都穿不了？

王小丫乐滋滋地看着王桂花和王菊华斗嘴，她看了看表说，你俩三天不斗嘴就牙疼对不？看好店，我出去一趟。

是到姐夫那里去吗？桂花问。

小丫姐是当仙女去呢，馋死你个小妮子。王菊花笑得眼角的皱纹都出来了。

没出息的王菊花啊，就只能在自己的脸上开出菊花，可惜呀，那花既不能卖，也不好看，徒增烦恼的皱纹花。王桂花嘴不饶人。

小丫瞥了一眼她俩说，对啊，我当仙女去。转身从办公桌里拿出早已为王安南买好的枣红色羽绒服。她早就等待着这样的一场大雪。只有这样大的雪，这样洁白的世界才配得上这样红的羽绒服，才能够把她心中的爱情用最完美的形式表达出来。

王桂花和王菊花羡慕地看着王小丫走出门。王桂花说，菊花，你说小丫姐是当仙女去，当真？他俩又有新情况了？

王菊花说，恋爱的人哪天没新情况？

她俩嘴巴在店里，目光却紧紧追随着王小丫的后脊梁，王小丫走进对面的花店，她俩不由得睁大了眼睛。王桂花说，不会吧？我眼没花吧？她不是说去当仙女吗？怎么会倒着来？王菊花说急什么，进花店也不见得就是买花。她俩不再说话，专注地盯着花店的门。几分钟后，王小丫抱着一大捧鲜花出来，伸手拦了辆出租车，扬长而去。

王桂花费劲地把眼珠子旋转过来，对着王菊花，睁得大大的，把白眼球全部暴露出来。不会吧？她老这样倒着来怎么能行呀？

王菊花说，嗨，其实也没什么，给男人送花又怎么了，法律也没规定就只能是男人给女人送啦。

啦啦个屁呀，你不要那么简单好吗？任何事情都要透过现象看本质，老是这么倒着来，就说明小丫姐还没有从根本上把人家拿下，这么搞下去可不是好现象。

听说都打算结婚了，你别乌鸦嘴好吧？乱喋喋个屁。王菊花没好气地抢白道。

晕。王桂花迸出这个字后就自顾看着对面的花店出神。她这次倒不是做仙女的梦，而是移开自己瞧不起王菊花的眼神，她知道王菊花会看出来。她瞧不起王菊花的愚笨，更瞧不起她一天到晚跟在小丫后面唯唯诺诺的样子，瞧不起她胸无大志，只想着挣点钱回家办嫁妆。她王桂花一定要出人头地的，时刻准备着抓住命运之神荡来的幸运绳索——她一定会抓得紧紧的，荡起来，悠得高高的，成为真正的仙女。

19

王小丫抱着一大捧鲜花站在王安南的学校门口。平日里总穿着灰色制服站在圆墩子上的男孩，从门卫的屋子里透过玻璃看着她。她看了眼那个圆墩子，上面已有厚厚的积雪，男孩子的岗位已经转移到屋子里了。她想，到底是学校，不像别的地方那么不人道——不管下雪还是下冰雹都让人站在露天地里。她对他笑笑，想和他说你的工作挺好的。男孩没接她的目光，低下头去。

远处，王安南正在往这里跑着，西服的扣子开着，衣襟在风雪里像他的两个翅膀。王小丫把鲜花和衣袋藏到背后。王安南跑过来，嘴巴里呼哧呼哧地喷出白色的哈气，使他看起来像个开了的锅炉。王小丫说，慢点，看你喘的。王安南说，什么事这么急，还不肯进去。王小丫甜甜地微笑着，慢慢地转过身去。王安南的眼睛猛地一亮，接着一下子热了，嘴巴里的哈气出得更急了——他看着眼前这个把自己当宝贝的人柔弱的后背，他的心温暖如春。他动情地拥抱住她，在她耳边轻轻说，我看见了春天。

王小丫说，我还以为你不稀罕呢。

我非常稀罕，真的，这是我第一次收到鲜花，收到鲜花的感觉原来这么好啊，怪不得女孩子都喜欢鲜花呢。王安南说到这里，才发觉自己还没有给王小丫买过鲜花呢，愧疚地说，我还没送过你鲜花呢，你不怪我吧？

不怪，但要是到情人节的那天还收不到就怪哦。王小丫转过身，抿紧嘴巴，一副调皮的样子。她先把羽绒服递给王安南说，赶紧穿上，看你，这样的天还穿着西服，一点都不知道疼自己。

王安南从袋子里把羽绒服拿出来穿上说，我有的，在办公室，你电话催得急，没顾上，真漂亮，比我那件灰头土脸的强多了。

王小丫娇嗔地说，还大学老师呢，穿衣服总是那么随便，喜欢就好，还怕你嫌颜色鲜艳呢。

王安南说，今天是个什么好日子啊，不但有新衣服还有鲜花，告诉我，有什么喜事？

王小丫把手中的花一分为二，左手拿着大把的花，右手拿着一枝羽绒服色的玫瑰和一枝蓝色的勿忘我，她把左手放到背后，右手举到王安南的鼻子底下说，这是给你的，让你在以后每个下雪的日子里都想起我，其余的是送给你妈妈的。

干吗给她送花呀？王安南想起上次那些受冷落的昂贵的水果和乔红对王小丫的评价。我们家不讲究这些的，小丫你用不着为他们破费。他想说服王小丫把所有的鲜花都留下来，以免乔红重复上次对王小丫的评价。

王小丫说，今天这鲜花一定要送的，因为今天是她的生日。

真的？你怎么知道？我都不记得。

上次去你家的时候听到的，就记住了，做子女的该记得父母的生日的。王小丫说完就伸手拦出租车，王安南惭愧地说，我一定向你学习，今后改正。

自上次去了王安南家里之后，王小丫就知道乔红是这个家的真正主人。她也知道自己在乔红眼里远还没到被认可的地步——虽然王安南已和她谈到结婚的事，但那只是舌头尖上的甜言蜜语，是几个令人心情愉快的词语而已，如同王安南对自己说的西班牙语的月亮。她早从王安南那里听说过在乔红的强烈反对下，王安南取消了和一个护士的婚约。从王安南的神情可以判断出那是王安南的痛点，那婚约是真实存在过的。要让婚约变成现实还是离不开乔红的支持的。

王小丫能来给乔红过生日是乔红没有想到的，她更没有想到自己会在第六十个生日上收到鲜花，没想到自己会这么喜欢儿子捧来的鲜花。她看着手里的鲜花，喜不自禁地说，谢谢，谢谢，真漂亮，这么多花，跟个小花园似的，王江山你赶紧把我的花瓶拿过来。

王安南说，妈，鲜花是小丫送的。

乔红说，我知道，你和你爸什么时候给我买过鲜花啊？你爸还能记得给我做顿好吃的，你啊，可从来都没记得你妈的生日呢。

王小丫说，阿姨，安南忙，以后我会提醒他的。

乔红把花插到花瓶里招呼王安南和小丫坐到身边说，记不记得我的生日不要紧，你要记得每个学期末提醒他及格率的问题。

王安南有点不耐烦地说，妈，你又来了。

乔红说，你别说话，听着就行。接着继续对王小丫说，你还不知道吧？他教的课，学生的不及格率是全校最高的，当然这不是说安南的工作不好，他的课讲得是没问题的，而且是门很重要的很难学的别人都不愿意教的基础课，现在没人愿意教基础课，都愿意教专业课，可以做研究，立项目，出成绩，甚至还能捞外快。王安南你说，要不是没人愿意教，恐怕你早下岗了，是不？

王安南说，看你说的，那是没人能代替我。

乔红说，你妹妹那个在你学校校办的同学给你妹妹透露了很多情况，你那些不及格的学生里相当一部分是社会上有头有脸的人的孩子，你老给人家不及格，让人家挂着科，拿不到毕业证怎么能行？你现在该明白为什么校长会因为这个问题和你发火了吧？你们学校马上又要评职称了，你的副教授再晋不上，我和你爸这脸都没地方搁了，我们这院里数你上大学的年纪最小，十五岁，那时谁不夸啊，现在倒好，快四十了连个副教授还晋不上，再说了，评不上副教授可排不上分房子的队，听说是最后一批福利分房了。

王安南说，评上了也不一定能分得着，僧多粥少，再说了，分也只能是那些老掉牙的房子，论资排辈。

乔红说，要我说只有那些能力不够强，自身条件不过硬的人才会被安进论资排辈的队伍里，就拿乔超红来说吧，哈佛的博士，还没毕业呢，已经有好几家学校和企业争着要她，都许诺给房子，一百五十平方米以上的，还是你自己不够好，你要是听我的，早早地把博士读了，哪还到今天，这人啊，什么年龄干什么事情是很重要的，该发奋读书的时候就要读书，该成家的时候就要成家，否则就弄乱了自己的人生坐标，找不准定位，乱上几年就等于是耽误了一辈子，你就属于这种情况，所以你才会一事无成。

王安南看了小丫一眼说，妈妈你今天的批评重了点，我虽然不如你和超红优秀，也不如爸爸优秀，爸爸在我这年龄也已经是副教授了，但我也不能说是一事无成啊，起码我是一个治学严谨、讲究原则的老师，为人师表这一点还是敢说出口的，再说了，我不是马上要结婚了吗，给您生个胖孙子，起个名字叫越红，超越的越，比奶奶和姑姑更红的意思。

乔红的眼睛看着王小丫说，要结婚了，我这当妈的怎么不知道啊？

小丫赶紧低下自己的眼睛，避过乔红责备的目光。

王安南说，我们回来就是来请示你和爸的。

乔红说，你结婚我没意见，和谁结婚我都没意见，这是我的一贯态度，但是我还是重申一下我的建议，老一套，那就是先解决好个人事业上的事！成家，男人晚一点不算什么，事业没干起来，再被家一拖累，整个人就完了。

王江山忍不住说，催促的是你，劝阻的也是你。不是说好了么，孩子的事由着他们自己决定。

乔红狠狠地剜了一眼王江山说，不催他行么？催他还什么都干不成呢，不催行吗？！

王江山说，乔红你也不要把所有的责任都安在安南身上，的确，也有其他的原因，现在这学校也不像我们年轻时候了——那时候，歪风邪气就是少得多，你只要业务好工作好就行，可现在，最重的是人际关系要好。我觉得安南的问题就在这里，你可能认为没得罪过领导，但照目前的情况分析，你使一些学生挂了科，造成他们不能顺利毕业，他们的家长就会找到校长，校长点菜你又不吃那一套，就等于把校长得罪了，下面那些看校长眼色行事的人就会在你的很多问题上设置障碍。安南啊，我和你妈妈在这方面就吃过很多亏，你还年轻，一定要吸取我们的教训，把人际关系搞好，这人际关系似老虎啊。说完这话，拍了拍乔红的肩膀说，走，看看你喜欢吃什么，今天我露一手给寿星做几个爱吃的菜。

乔红和王江山去了厨房。留下王安南和王小丫两个人，默默相对，一时谁也找不出话语来安慰自己和对方。良久，王安南说，没吓着你吧，我们家说话一直都这样，总有一个人在谈话的过程中受到攻击，这个人人多是我，我是这个家里最没出息的。

王小丫说，不许你这么说，你都是大学老师呢，怎么还能说你没出息呢，是他们对你要求太高了，不过我觉得他们有一点说得很对，人际关系真的很重要的，如果你没处好，还是要想办法的。

王安南说，你说想什么办法。我总不能把不及格的搞成及格吧？那样对那些认真学习的学生来说就太不公道了。除非换我去教好学的课，或者教考察课，我也说不清楚怎么才能处好所谓的人际关系，都是些看不见摸不着的事情。

王小丫试探地问，到校长家里活动一下怎么样？

王安南说，你是说让我去给他送礼去？你杀了我吧，全天底下这是第一件最难办的事，别说是我，就是他们也做不来，给人送礼像倒抽自己嘴巴一样，他们谁都知道但谁也做不来。他停顿了一下接着说，小丫，你还记得吗，咱们第一次吃饭的时候我就对你谈过这方面的话题，你不在意吧？

王小丫问，在意什么？

我，我的家，我父母，这一切，都有点问题。

不。小丫摇摇头说。这算什么呀？

王安南说，这个世界上就你一个人宠着我，你别担心，我妈妈只是说说，其实她很想我赶紧结婚的，我们五一结怎么样？

我听你的。王小丫把头温柔地靠在王安南的肩膀上。

20

　　穿上了枣红羽绒服的王安南在这个冬天里不仅体会到了爱情的温暖，还体会到了幸运砸在头皮上的愉快的震动感。系主任把他晋升副教授的消息用一张电脑打印纸贴在系办公楼的门口。那张纸孤独地站在灰色的毛毛糙糙的墙上，寒风从翘起的左下角处钻进去，在纸的背面欢快地踢踏着，试图把它带走。它的旁边是被风吹得干枯了的爬山虎，铁丝一样纵横交错着，一片仅存的叶子发出鲜血一样的颜色。王安南并没有注意那张纸，在王安南的印象里，那张纸一直存在，通报着这座楼里大大小小的事情，关于放假通知、开展讲座、分发教材、检查卫生、教职员工大会等。他在那张纸面前低着头蹭了蹭鞋上的雪，然后走到公共信箱前面翻检着杂乱的信——有众多的毕业了的学生寄来的明信片，上面公开着对某个老师的思念和问候。

　　有一张是他的：

　　王老师您曾经是我最恨的人，因为只有您的课让我补考了，并因此失去了奖学金，但是今天我要说谢谢您，因为您逼着我打下的坚实的基础让我赢得了尊重。祝愿您新年愉快，万事如意！学生李伟。

王安南眯了下眼睛，试图在眼皮后面找出李伟的形象来。想了片刻，他还是放弃了这个念头，他发觉自己对这个给他邮寄祝福的学生没有任何记忆，但是这张明信片却让他很感动，他的不及格的学生终于承认他了，他仔细地把明信片磨损的边角捏了捏，揣到羽绒服的口袋里。走了两步，又倒回来把明信片放回到众多的信和明信片当中。他要把它放在众人的眼皮底下，让每个人都看见，尤其是系主任。

刚踏上楼梯，背后一个同事说，王老师一定要请客啊。

王安南问，请什么客？

同事说，双喜临门还不请么？

什么双喜临门？

你是真不知道还是装作宠辱不惊啊？评上了副教授分到了房子，门口贴着呢，自己看去！

王安南退回到楼门口踩到他刚刚蹭掉的雪上。第一次他对白色的贴在墙上的纸产生出强烈的好感，他的头皮突突地跳着，汗珠子从跳跃的头皮里出来滑落进脖子，他枣红的柔软的羽绒服领子像一只爱人的手抹过来，把汗珠子收藏起来。他有一种想把那张纸撕下来保存的愿望，他知道后面会有隆重的聘任大会和大红的烫金的聘任书，可是它们给予他的快乐都不能和这张白纸相比。他知道这张纸最好的去处是继续站在这里，像他的明信片继续待在公共信箱里。他把左下角的胶带纸往墙上按了按。

他给王小丫打了电话邀请她回家吃饭。他装作若无其事的样子。他要等到他的父母和王小丫都坐在他面前的时候再宣布这个消息！他要仔仔细细地看他们为他骄傲的表情。

王安南愉快地看着每一盘端上桌的菜，他的嘴角被肚子里的两个好消息撑得张开着，露出白白的牙齿。王小丫进进出出地端着菜，摆弄着碗筷，每一趟她都瞥一眼他的白牙。看见安南把持不住的笑容，已经猜到自己鼓足勇气干的那件事情成功了。

等大家都落了座，王安南看了看他的父母和王小丫，拽了下自己的椅子，把它调整到对三个人的表情能一览无余的角度说，为了大家有更好的胃口，我现在宣布两个好消息！

乔红轻轻地把刚刚抓在手里的筷子点了下桌子，眉头不耐烦地抬了一下。王安南知道他母亲的潜台词——看你那个不沉稳的样子，你能有什么好消息？

王江山的眉毛也抬了一下，虽比乔红的欢快一些，可也是带了怀疑的意思。

王小丫迎着王安南的眼睛微微地歪了下头，露出了一个微笑，很甜，但甜里面好像掺了点别的味道。

王安南说，小丫你这笑容有点像蒙娜丽莎，真的。

王小丫咧开嘴笑着说，别涮我了。

王安南说，张开嘴就不像了，刚才真像啊，一看就是肚子里装着鬼点子的笑。

乔红干咳了一下。

王安南赶紧清了清喉咙说，很惭愧，我终于评上副教授了，终于分到了一套旧房子。

乔红和王江山的眼睛同时睁大，接着欢喜的眼神从他们的眼睛里像四股泉水喷涌而出。

王小丫迎着王安南的白牙齿长舒了口气，然后把眼睛聚集到自己的手指上。

王江山站起身来到酒柜里拿出一瓶茅台，看着乔红说，今天一定要喝酒，喝醉，谁说也不行，我一定要喝醉，来，儿子，陪我一起喝。

乔红笑着看了看王安南和王江山说，儿子，给我也来一杯，一小杯。

王安南看着平日里滴酒不沾的母亲和因为心脏病严格禁酒的父亲，看着称呼他儿子的父母，鼻子突然酸了起来。这种场面他只看见过一次，是乔超红考取哈佛的时候，那时候，父亲也是强烈地要求喝醉，母亲也是这样看着乔超红说，女儿，给我也来一杯，一小杯。那时的王安南像个局外人看着属于父母和孩子的快乐。

他从桌子下面的抽屉里拿出两个酒杯给母亲和父亲斟上酒，双手端到他们的面前说，今天给我和乔超红一样的待遇呀，爸，妈，我让你们失望了三十多年，很惭愧。

王江山说，怎么就拿俩杯子，你和小丫也喝点。

王小丫正低着头琢磨事，不知道该不该把去给王安南的校长和党委书记送礼的事说出来。

听父亲这么一说，王安南才意识到忘记看王小丫的表情了，赶紧转过眼神。见王小丫脸上已没有蒙娜丽莎的表情也没有父母脸上的欣喜，猜测王小丫怪自己冷落了她，笑着对王小丫说，不为我高兴吗？嫌分到的是旧房子？

乔红把眼神从儿子身上转到王小丫的脸上。王小丫的后背似有一阵凉风吹过，她禁不住打了个冷战。她看见乔红的眼睛里满是责怪和疑问。那眼神在说，你怎么能够不为自己未来的丈夫的进步感到快乐？你懂得高校中的激烈竞争么？你这样体会不到别人快乐的女人能够给我儿子幸福吗？

王小丫挺直腰杆止住了第二个即将成形的寒战，她知道最好的选择就是把送礼的事说出来，她要让乔红知道这份快乐不是她体会不到，而是她给他们创造的！是她给他们买来的！

怎么会呢？我当然高兴，而且那房子虽旧，可在学校里边，你上下班多方便啊，听说很多人都在争呢！王小丫说。

王安南说，你早就知道啊？怪不得不惊喜呢？你怎么知道的？去学校找过我了？

没有，我去找过你们校长和党委书记。

什么？！笑容僵死在王安南的脸上。僵死在王江山的脸上。僵死在乔红的脸上。

小丫你说什么？你没开玩笑吧？你真的去找过校长和书记？王安南尽管用着疑问的语气，渴盼着王小丫给他一个否定的回答，耳朵里却早已回响着自己给自己的回答：她去过！送过礼！我就这么点可以炫耀的快乐还是别人用钱买来的！

王小丫说，上次听你们说了你的情况，我觉得这么重要的事不能老等下去，现在的事情都需要活动，你们出面又不合适，我就去了，给校长和书记每个人送了一部手机。其实他们挺好说话的，很平易近人的。

你怎么不和我说一声？你怎么能这么干？你以为我稀罕？！王安南质问着。

王小丫的心里在说，说了你还会有惊喜么？我就是要让你妈妈知道我不是可有可无的，我完全是能够为她的儿子付出大代价的，我能够做你们做不了的事情。再说了，我希望自己嫁一个教授，一个可以给别人当导师的大学老师！我做错了吗？！

王江山放下酒杯对王安南说，安南，怎么这么和小丫说话，人家不是为你好么！接着对小丫说，委屈你了，这要花很多钱吧？

王小丫在王江山的安慰里红了眼睛，嗓子眼疼得关了起来。但她知道她必须清楚地说出那个数字来！要说得轻松自如！用他们没有的轻松，他们不能够的轻松！

她说，伯父，不多，就一万二。她的声音轻飘得就像在说一块二。再说了，为安南的大事，花得再多也值得呀。她用红着的眼睛骄傲地看着乔红。看着王江山。看着王安南。

乔红垂下了眼皮。洒射在王小丫脸上的很冷的眼神被回收了，转换成另一种东西投射到她那杯原本要当快乐畅饮下去的酒里。她把酒杯往边上推了推说，赶紧吃饭吧。

王江山看了看自己的酒杯，又看了看乔红的酒杯，那昂贵的美名远扬的液体在两个玻璃杯里轻轻地晃动。他知道有风暴在乔红和王安南的胸膛里。他觉得作为一家之主在这个时候担负着消减风暴和维持礼貌的责任。他把自己的酒杯递给王小丫，自己则端起乔红的酒杯说，现在的事情都这么办，不正之风，不这么做就老吃亏，小丫，伯父敬你一杯，感谢你为安南这么破费。安南呢，我和你妈其实都认为你早就有这个实力有这个资格的，只是，只是……不管怎样，小丫为你好，事也成了，说不定别人都这样，不这样也不行，啊，安南你也谢谢小丫。

王小丫不等王安南搭话就一口喝完了酒说，伯父伯母，我有事先走了。说完拿起她的挎包委屈而骄傲地往门口走去。她的手指在握住门把手的瞬间突然产生了要拽着它狠狠撞击的冲动。她握着它，挺直自己的脊背，她知道王安南和他的父母都在用受伤的眼神看着她的后背，而她的后背则在等待一句热情的挽留。一瞬间，沉默笼罩了整个房屋，王小丫只听得见自己的心脏发出的撞击声。她告诉自己一定要轻轻地扭转他们银灰色的弧形金属把手。

王江山看着王小丫的后背用下巴给王安南做了个"赶紧去送送"的指示。王安南抬起屁股看着乔红。乔红用眼睛和下巴做了个制止的动作。他们一起默默地看着王小丫挺得笔直的脊背，看着王小丫轻轻地打开门，轻轻地关上。

王安南和王江山看着乔红的嘴巴，等待着她胸膛里的风暴刮出来。乔红长长地叹了口气说，这个社会呀，烂了，烂到心里了。

王江山说，都这样，咱不这样就吃亏，人家小丫花这么多钱帮你，怪罪人家是不对的。安南该去给人家道个歉。

王安南说，我觉得应该的事经她这么一搞成什么了，好像我这职称、房子都是不该得的，都是去跟领导贿赂来的一样。

乔红说，王安南你不是分到房子了么，你赶紧结婚搬出去，别一天到晚在我面前晃悠得我心烦。

王安南说，你怎么又催我了，上次不是说不着急么。

乔红说，你不结行么，王小丫是以什么身份去你校领导家？你赶紧结吧，这个王小丫倒是真舍得为你花钱，这也看出来她真是对你好。不过，你以后一定要争气，赶紧把教授晋上，你要是到此为止，你这辈子算是欠下她的了。你刚才要是巴巴地追了出去，那你就从现在欠下了。

王安南笑着说，妈妈也有被糖衣炮弹砸中的时候。

雪地里，王小丫任凭自己的泪水在面颊上由热变冷，她走得很慢，以至于尖尖的鞋跟在和地面接触时，总是不情愿地颤扭上几下。她等待着王安南能够来追她，能够看见她的眼泪，她的委屈……等得整个人都冻透了，仍没有王安南的影子，王小丫的委屈和愤怒消失了。她不懂得王安南为什么会生气。是心疼钱？还是仅仅因为事前没有和他打招呼？还是为着面子要假装生气？

21

一直拖到除夕，王安南才决定和王小丫领结婚证。

除夕这天早晨，一睁开眼王小丫就说，最后一天了，过了今天就是明年了，下午人家民政局就放假了，到底去不去？不是我迷信，有一些东西还是宁愿信其有——都说明年是寡妇年，家里面也劝我今年至少把结婚证领了，年再在你家过了，就等于是今年结婚了，任何时候举行婚礼都不打紧了，虽然说现在都不讲迷信，可万一真遇着点什么事情，不后悔才怪呢！你要是不迷信，那我就今天回家过年去，我们明年再说。

王安南双手垫在后脑勺下，不转眼珠地盯着天花板。他何尝不想结婚，他做梦都想着在自己的屋子里做爱、生活，他已经厌倦了在别人的屋子里睁开眼的感觉。不管是父母的，还是这租借来的。可当梦想的事情真的来临时，心里面却有着不明不白的犹豫，说不清是种什么感觉。总之，就像外面的天空一样，既没有鲜艳的晴朗的颜色，也没有风雪。他也觉得该把证领了，他知道自己的嘴角里藏着的就一个"去"字，可是自己却没有热情把那个字吐出来。

王小丫见王安南眼珠也不转一下，心里面一股莫名的怒气骤然上升，想到自己不明不白地跟了他半年，连人带钱都搭进去了，却落得他对自己爱答不理的境况。她的耳朵里赵历历的建议在回响——给他换换口味！给他换换口味！赵历历不止一次地建议她改变策略。赵历历说，男人身上普遍存在贱性，有的时候越对他好，他越不知道珍惜，女人真的厉害起来了，他说不定就会乖得跟孙子似的。谁都有吃甜食吃腻了的时候，给他换换口味！

你到底想干吗？！口口声声地说结婚，真要你结了，却装聋作哑！你难道觉得我王小丫是好欺负的？你不就欺负我在这里无依无靠么，不结婚你想干吗？占我的便宜？那你就等着瞧吧，我一辈子都不会放过你的，变作鬼也不会让你占了我的便宜去！王小丫听见自己的牙齿在窃窃私语，准备着对那张漠然的脸发起攻击。心里面却又拿不准撕破脸皮之后，王安南会不会——乖得跟孙子似的，不得不紧绷着嘴唇，咬紧了牙关，阻止着愤怒的喷发。不一会儿，脸就憋红了。

王安南懒洋洋地回味着认识王小丫以后的日子，想起他们在毛主席的雕像下面，在邓小平画像的注目下，那个没有言语跟随的亲吻；想起学校门口王小丫那个柔弱的被鲜花包围着的后背；想起王小丫说出了给校长和党委书记送礼之后站在他家门口颤抖的肩膀；想起这半年来自己的衣服都是王小丫洗熨的，自己穿的新衣服比以往六年穿的都多；想起校长又重新装上笑容的脸庞；想起自己在拿到副教授聘书时那经久不息的掌声；想到不久就可以入住的房子，不久就可以在自己的房间里睁开眼睛，看见属于自己的天花板……想起自己曾经对王小丫的承诺……他终于觉得自己的胳膊腿可以为着那个"去"字活动了，他把手从后脑勺下抽出来，向着自己头顶的方向使劲伸展，然后把手指关节一节一节地弯曲起来，握成拳头——去的决心随之形成。

王安南转过身来看见王小丫憋得通红的脸，憋得通红的眼睛，王安南的心不觉疼了一下——王安南你何德何能让一个女人为你流泪，为你操劳，为你这样委屈？！这么在乎你的人不就是自己曾梦寐以求的么？！他疼爱地拍拍王小丫通红的脸蛋，郑重地说，去，现在就去领结婚证！

一颗快乐的炸弹在王小丫的心里爆炸！因为里面的愤怒在瞬间经过质的转化，炸弹的威力特别巨大！以至于把她从床上弹跳起来，她觉得自己在弹跳的刹那，已是新年里爆炸的礼花，放射出五彩缤纷的美丽和快乐。她跳下床，从衣橱里拿出两套早已准备好的新衣服，先自己三下五除二把衣服穿好，再帮着王安南穿戴整齐。本来王小丫的嘴里有一个快乐的反问——真的？但她不让自己说出来，不给王安南任何可以否定的机会。

民政局结婚登记处，两个烫了同样发型的中年妇女对着头在织同一件毛衣的两个袖口。看得出那是一件亟待完成的毛衣，在第二天就要穿在一个女孩子身上的毛衣。听见动静，两个妇女抬起头，其中一个停下手，走过来，拿了两张表格递给他们说，把上面的条款都看好了，如实填写，填好了，交二十五块钱，二十块钱是快速照相的，五块钱是证钱。说完就坐回去重新拿起那只毛衣袖子说，如果再来人耽误，下班之前还真织不完了。边说边瞥了一眼王小丫他们，低声说，过年也不让人休息，好像没明年似的。

王小丫先把登记表填好了，转过头来看王安南的，心里面满是温柔和甜蜜，禁不住用额头去磨蹭王安南的耳朵。两个女人不耐烦地看着王小丫的幸福，先前拿表格给他们的女人说，快点啊，再磨蹭就该下班了，大家都等着过年呢！

一句话说得王小丫和王安南的脸红了起来。王安南的颜色比王小丫的更深一些，都接近紫红了。他赶紧掏出二十五元钱连同登记表递过去。另一个女人站起身说，跟我来。带领他们到隔壁照相室，打开四五个大灯泡，让他们挺直腰杆坐在两个冰凉的板凳上，然后，女人反反复复地要求他们稍稍地歪歪头，脸上要露出甜蜜的笑容。他们俩都拿捏不准稍稍歪头的尺寸，女人只得来来回回地帮着他们歪，扳他们的肩膀，拍他们的后背。最后终于满意了，说，就这样，千万不要再动了，再加上笑容就正好了。轻轻地笑，甜一点，好好好，看镜头！一道刺目的亮光闪过之后，王安南和王小丫的嘴巴依旧哆哆嗦嗦地保持着轻轻的甜甜的笑的形状。王安南揉揉腮帮子说，肌肉都僵了。王小丫揉揉腮帮子小声说，我的也僵了，最怕被人家摆弄了，本来好好的人，摆弄几下人就傻了。

先前两个人脸上的红色保留在照片上，在他们轻轻歪向对方的姿势里，在严格按照摄影师的要求做出来的笑容里，转化为幸福的迷人的红润。女人为着自己的手艺骄傲起来，仔细地端详着他们的照片连声夸，照得真好！照得真好！她兴奋地快步走回去，递给同事说，看看怎么样呀？那个女人对着照片张大了嘴巴，像对着给她检查喉咙的医生一样，足有五秒钟的工夫，才把牙床合起来，抬起眼皮抖着照片说，这就是本事！叫我说要下岗的肯定是那骚货无疑！她边说边熟练地拿了胶水抹到照片的背面，贴到结婚证上，用手掌狠狠地在王安南和王小丫放射着幸福红润的脸上压了压。王安南不自觉地跟着她的手掌咧嘴，仿佛那手掌不是压在照片上，而是压在他的嘴上。

王小丫厌恶地盯着那女人的嘴，你胡说八道些什么呢？你是怎么说话的？

见王小丫发火，两个女人才意识到话说得不吉利，照相的女人赶紧解释说，对不起，没别的意思，是说我们这里竞争上岗的事呢。

王小丫盯着那女人的胸牌看了看说，竞争上岗还这个态度，我要找你们领导反映一下，你们的胸牌号我都记住了。

两个女人不约而同地在脸上挤出讨好的表情对王小丫说，对不起，别误会。

王安南并未注意两个女人的谈话，他的注意力在她们的手上，他的心里面有一个声音——这就结婚了，这辈子就要和王小丫走到底了……看见人家已经给小丫道歉，王安南劝小丫说，算了算了，大家都不容易，人家都道歉了。

王小丫深情地看着王安南说，好吧，听你的，要不是你，我和她们没完。

女人笑着说，还是大学老师觉悟高，姑娘你嫁到好人了，祝贺你了。

一句话说得王小丫心里美滋滋的，她挽住王安南的胳膊甜腻腻地说，当然了，他要不好，我怎么会嫁给他呢！

两个女人把结婚证塞到钢印机里，一个扶着证件一个用力扳旁边的一个把手，重重地按下去。两个并不太清晰的钢印出现了。钢印的上端正压在王安南的喉结和王小丫的下巴上。

两个圆圆的无色的圆圈把两个男女的生命从此圈在了一起。

钢印出现的瞬间，王安南和王小丫都目不转睛地看着印章的起落。在那个冰凉的圆圈落在她的下巴上的时候，王小丫深深地舒了口气，一种轻松到想飞的感觉从她的丹田往上升腾。她哼唱起——

咱们老百姓啊今个儿真高兴……

这个瞬间，王安南的眼皮后面出现了另一张面孔。他曾经流着泪对那张脸说，我一辈子都不会结婚，我要用自己一生的孤苦来惩罚我母亲，来纪念你给我的爱情。那时，他肝肠寸断。那个女孩子用她护理病人的眼神看着他的眼泪说，你会好起来的，你会遇到你母亲喜欢的人，你会遇到可以帮助你成就一番事业的人，你会结婚的。他知道他母亲反对的一个主要原因就是因为她来自农村，她的背后有一个等待着她用她和他的工资，用他们一生的爱，一生的烦恼，来帮扶的贫穷的队伍。他母亲说，她和她贫穷的家庭，会像饥饿的耗子一样把你的生活咬得千疮百孔，他们无法帮助你完成事业，他们只会像个巨大的沉重的包袱压得你喘不动气，压得你疲于应付生计，你的事业、你的生活会统统地被毁掉！除非我死了，要不你就别想给我往家里领进农民来。

十年的时间，把他流着泪许下的誓言消解在空气里。

十年的时间，让他记忆力惊人的母亲忘记了自己的命令。他一直搞不清楚是什么改变了母亲的决心。是王小丫的钱？还是近些年来个体企业的兴起改变了母亲对农民的看法？王小丫舍得花钱的行为？抑或母亲已经觉得他的事业不会有什么发展，已经不值得她再费心思了？

十年，两个爱她的农村姑娘站在时间的两端。又如同一场历久的接力。他的喉结疼痛而艰涩地蠕动了一下，苦涩的唾沫登时从他舌头底下冒出来，浸泡着他白白的牙齿。

听见王小丫鼻腔里快乐的旋律，他眨眨眼皮，紧紧地爱怜地搂过她的肩膀。

22

虽然房子就在王安南的学校里，但装修的事情却没用他动下手指头。王小丫说，你那手就是用来写字教书弹琴的，哪能干这些粗活，以后，也用不着你干粗活，有我呢。

王小丫把店里的事情托付给王菊花和王桂花，自己整个人都盯在新房里，从找装修公司，到订合同，设计图纸，买料，监工，验收，王小丫一个人全包了。累得人整个瘦了一圈。监工的时候，新房里灰尘弥漫，噪声隆隆，王小丫累了的时候，就到王安南的办公室或者教室里待一会儿。王安南的同事常常会当面羡慕王安南找了个能干的老婆。这样的时候，王小丫就会甜甜地看着王安南的白牙齿说，他那手哪能干这些呀，再说他也不懂什么合同啊，建筑材料什么的，两口子谁干不是干呀。

王小丫最喜欢的还是到王安南上课的教室里，悄悄地从后门进去，找一个没人的座位坐下，甜蜜地看着站在讲台上的王安南说着些她听不懂的知识，看着王安南白皙修长的手指在活动黑板上写下一屏屏的公式，看着白色的粉笔末像磨碎了的蔷薇花粉在王安南的周围飞舞，看着平日里有些呆板寡言的王安南在讲台上口若悬河，风度翩翩，看着几十双时代骄子的眼睛虔诚地看着她的丈夫，她的心里就会翻腾起骄傲的波浪，如同刮起风暴的海洋。她的疲累一扫而光。课间休息的时候，王安南会过来坐到她身边，低声聊几句房子装修的事情。总会有几缕忌妒的眼神斜射过来，王小丫看在眼里，骄傲在心里。

装修结束后的第二天，王小丫把王安南叫到了新房。在门外面，王小丫用娇嗲的语气命令王安南闭上眼睛，不到她说可以的时候不能睁开。电视剧里常有的镜头。王安南很听话地闭上了眼，为了充分响应王小丫的号召，他的上下眼皮使劲地挤在一起，致使受到压迫的眼珠子在里面哆哆嗦嗦地抖动。他准备了电视剧里主人公一样的感叹词和拥抱，打算对房间里的任何东西，从天棚顶到踢脚线，从窗帘到坐便器都发出"啊"，以表示自己对王小丫劳动成果的赞叹和感谢。

王小丫领着他慢慢地走到客厅的窗子前站住，再次叮嘱他不能够睁眼，然后把他的手按在一个木质优良的东西上说，你猜这是什么？

光滑如绸，温润如玉的感觉在王安南的指肚上弥漫。

王小丫说，猜出这是什么了吗？

王安南说，我能感觉出它是上等的木料做成的，写字台？

手别乱动，拿起来放在这里等着。王小丫边说边把王安南的手举起来，像个被缴了枪的士兵。然后，她轻轻地打开钢琴的盖子，抓住王安南的双手猛地按在琴键上。琴键在两双手的力量下发出激情的轰鸣！直冲王安南的耳膜，如同天外之声！王安南的手指不由自主地挣脱王小丫的手在琴键上奔跑，来来回回地奔跑。他睁开眼睛，看着雍容华贵的钢琴和宠爱着他的女人——记挂着他的冷暖他的爱好的女人。他紧紧地拥抱她，紧紧地。他在她耳边说，得妻如此，夫复何求？

王小丫没有听懂，她不解地问，什么？边说话边用牙齿轻轻地咬着王安南的肩膀。一条温暖的缠绵的乱性的小虫子，潜过他的锁骨，进入到他的主动脉，跳跃进他的心室，在里面迅速繁殖增生。然后，经由心脏的压缩动力把数以万计的情欲的温暖的小虫子发射到王安南的肺、眼睛、嘴巴和生殖器，它们疯狂地爬行，癫狂地舞蹈。一种从未有过的激情使得王安南得了疟疾一样地颤抖。他颤抖着嘴唇对着王小丫的耳朵说，我是说，我，是，说，我是说，得到你这样的妻子，我再也没有别的渴求了！

他把王小丫摁倒在地板上，又担心她瘦弱的身子承受不了地板的硬和凉，受不了他的挤压，他抱着王小丫在地板上就势一滚，自己垫在了小丫的身下。

他面对着属于自己的天花板，用尽全力托举对他万般宠爱的女人……当托举动作结束的时候，他放开喉咙，恣意地发出粗鲁的狮子一样的吼叫，痛快淋漓。

吼声如同生锈的金属，捶击着空旷的墙壁，反射到他们的耳膜上。两人同时体会到了耳膜震颤如鼓的动感和疼痛。

王安南穿戴好衣服，帮王小丫抻平衣领的时候才发现在客厅的西南角落，一架扬琴像被吓坏了的小鹿安静而胆怯地蜷缩着。两个琴槌在琴弦上，小鹿的眼睛一样清澈而亲切地看着王安南。童年的骄傲和甜蜜从三十年的灰尘下跳跃而出，尘粒在王安南混浊的瞳仁上抖落。他的手指离开王小丫被情欲揉皱了的衣领，重新回到五岁的习惯里。

轻轻地，抓起琴槌。

轻轻地，合上眼睛。

轻轻地，他的眼睛和扬琴的两只眼睛隔着薄薄的眼皮做短暂的亲密。

轻轻地，乐符游山他的脑门，游到他的眼睛，透过眼皮游到琴槌上。

这种亲密，只属于他和扬琴。

在他最后一次参加比赛的时候，乔红在他上台之前郑重地警告他：演奏前，不许把琴槌再放到眼睛上，这样不雅观，会被扣形象分的！结果，他发现乐谱上面的那些美丽的小蝌蚪都停止了游动，他的眼睛和手指都是僵的。观众席里一片哗然。他的母亲失望地发现他不是一块可以在舞台上雕琢成器的上好的料子。扬琴从此成为他学好理化之后的业余爱好。后来，他的琴被母亲当作礼物送给了曾经在深夜里冒着生命危险扯下辱骂乔红的大字报的人。那个人的儿子曾经拿着不再属于王安南的琴槌敲打小伙伴的头皮。敲打王安南的头皮时，王安南闭上了眼睛，一个琴槌形状的包块在他头皮上隆起时，美丽的蝌蚪欢快地重新游动在他的大脑和手指上。他想抢回他亲密的朋友，但他畏惧乔红的手指。成年后的王安南知道他原本可以成为一名扬琴演奏家的，如果母亲允许他演奏前把琴槌放在眼睛上的话。

三十年的尘埃没有落在地上，它们只是脱离王安南的瞳仁在空中待了片刻，又重新黏了回去。他三十五岁的僵硬的手指带着琴槌磕磕绊绊地走在琴弦上，如同一个疲劳的农妇走在崎岖的山路上。

一曲错了调的过了时的《好人一生平安》打着趔趄落到王小丫的皮肤上，凝聚成一件骄傲的光辉四射的衣裳。

王安南试图弹奏田震的正流行的也是王小丫最喜欢的《野花》，尝试几次都没找准调子。只是把其中的一句最经典的"拍拍我的肩，我就会听你的安排"弹奏出来。

王小丫伏在他的背上，拍了拍他的肩问，我拍你的肩了，你会听我的安排吗？

王安南停下琴槌说，当然会，你就是我的领导，你的安排我怎敢不听？

真的？那我们结婚以后你是不是会听我的？王小丫问。

在合理的范围内，我都会听。王安南爱怜地看着他即将迎娶进门的能干的妻子。他的爱操心的小傻瓜。他说，你要有思想准备啊，当家做主虽然是地位的体现，但会很累的，看到国家总理了么，操心着全国人民的生计，一天到晚累得要死，周总理就是累死的。

王小丫说，全国人民的总理我是当不上了，我只希望当好我父母和王耀祖还有我姐姐的总理就行了，帮助他们过得像城里人一样幸福是我的最大理想。

他母亲十年前的咒语——她和她背后贫穷的家庭会把你的生活咬得千疮百孔，在他的脑子里闪了一下。接着他想到王小丫是相对富有的，无非就是把她挣来的一部分钱给她的家里罢了，只要他不计较就不会有烦恼。他直下腰说，城里人幸福吗？我认为城里人比农村人还痛苦呢。

王小丫看着窗外一对拉着手走过的穿戴时髦的学生，若有所思地说，那是因为你不是农民，你当然体会不到农民的痛苦。王小丫说这话的口气又硬又冷，她的手支撑在窗台上，脊背挺得笔直。王安南看着她的背影想起她给学校领导送礼那次，也是这样站在他近乎无情的责备的目光里。他猜想她努力挺直的脊柱里装载了很多他不了解的委屈和自卑。他不知道王小丫的过去，她从来都没有谈起过，他也不问。他觉得自己若是巴巴地去问一个女孩子的过去很不礼貌。他只是把自己的过去统统做了交代，他的童年，他的青年，他的曾经的爱情。他走到她身边，试图安慰她。还没等他开口，王小丫已经一脸灿烂地转过身来抱住他说，我想跟你商量个事儿。

王安南问，什么事儿？

王小丫用柔柔的鼻音说，结婚典礼那天，我想让我家里人还有一些亲戚朋友来参加，不许你说不同意哦。

这是应该的，我怎么会不同意呢？只是这么远，他们怎么过来？过来以后，食宿怎么安排？

这你就不用管了，我有办法的，租一辆车一大早出发，接他们来，下午再把他们送回去，不存在食宿的问题。还有，咱们应该办得尽量气派一些，我知道你不喜欢这样，但这对我父母来说很重要的，他们总希望孩子们能够有出息，能够给他们争口气，争个脸面。现在，我就是他们眼里的骄傲，你明白吗？王小丫的眼睛里已经泪水盈盈。

天下的父母都是一样的，我理解。像这种合理的事情，你不用跟我商量，你想怎么办就怎么办，你是咱们家的总理。王安南亲了亲王小丫的泪眼，把王小丫眼角一滴还未滚落的泪珠吸到嘴里。王小丫还给他一连串小鸡啄米一样的吻。

23

　　桂花，剩下的该你写了。王菊花放下手里的圆珠笔，活动着酸痛的手指说，七八十张请柬呢，累死我了，你个小贼妮子就知道拣轻巧的活儿干。

　　王桂花缓缓地把托着下巴颏的手移到王菊花的脑门上说，你没发烧吧，你以为陪小丫姐逛街是轻快的活儿啊，累死好人，我的腿都快断了，还不如在家看店呢，写写请帖什么的，多舒服啊，我这叫能者多劳，谁叫小丫姐相信咱们的眼光和能力呢。你就安心地写吧。小丫姐还真的要把咱村里的人都请来？

　　不是都请来，是请代表，近支的，全请，远支的每家每户请一个代表。咱们村一共有七十一户人家。所以我至少要写七十一张。

　　干吗费这个劲呢，回去下个通知不就行了么？

　　小丫姐说了，那样不正式，她要让咱们那边的人和这城里人一个待遇。王菊花拿起已经写好的请柬整理着，把它们顺头顺尾地拢在一起。石榴红色的请柬把王菊花的脸映得红红的。王桂花出神地看着，说，菊花姐，你的脸就跟新娘子的一样呢，真的。

　　王菊花拿手里厚厚的一摞请帖来敲打王桂花的头，男人迷，整天琢磨着嫁人，是不是小丫姐结婚又戳着你哪根筋了？

桂花叹口气说，还真是的，我真是佩服小丫姐，她做什么事情都是特别有主张的，而且，她是真正的孝顺，时时刻刻为着她父母着想呢，就说这次请客吧，她这么一搞，他们一家人就能在咱们方圆几十里内荣光一辈子！咱家里那些个土老帽，被小丫姐请到省城的高级饭店里来，和那些个高级知识分子大学老师一起吃饭，一起参加婚礼……天啊，就是给他们三个胆儿让他们做梦，他们也不敢想的。这个事，肯定会被念叨好几辈子。

王菊花说，嗨，一人一个想法，叫我有钱我就不这么孝顺，我给我爹娘每个月三百块钱，再给他们买肉买鱼，让他们把身体养得棒棒的，活个一百年。

穷人都这么想。王桂花不屑一顾。她说，其实，人活着为个啥？人要脸树要皮，人过留名雁过留声。嗨，你说，咱们也去弄个文凭怎么样？王桂花突然话锋一转，悄悄地对王菊花说，咱们也和小丫姐一样，弄个文凭，说不定咱们也能找个城里人呢。

怎么，你也想找个大学老师？你别做白日梦了，你以为天上总有馅饼往下掉呀？告诉你吧，就一个，被小丫姐捡到了，不是，被咱们捡到了送给了小丫姐。我警告你啊，以后千万不要再提小丫姐文凭的事，要是被别人听见了，你肯定干不成了，还可能搞得人家两口子打架呢！回村里也不要说，记住了？王菊花到底大王桂花一岁，心眼也实诚。

嗨，我这就是跟你说说嘛。

请妙缘婚介所的人了么？

请了。

哎呀，她来还不借着机会数落咱俩呀？

不偎边儿不就是了，她还能追着咱说么？小丫姐说，王红云是一定要请的。

这一张是不是写错了？菊花，怎么写成朋友了，有姓朋的吗？

没写错，我也问过小丫姐，她说就那么写，还专门提醒我单放着，说她自己去送这一张。

这就怪了，肯定没有人叫朋友，只是小丫姐不肯写上名字罢了，你说：这人会是谁呢？会不会是她过去的情人？

不会的，你见过有自己结婚的时候还请过去的情人来出席婚礼的事？

按理说不会的，可这张请帖为什么这么写呢？王桂花的眼珠子叽里咕噜地转着。

王菊花说，瞎操心，赶紧过来帮我写，哎，我可告诉你啊，小丫姐说了，到时候让你回去的，天不亮就出发，要保证安全准时地把人带到这里。

回就回呗，只是我担心咱们村里那一帮土包子没胆量来，这可是参加人家大学教授的婚礼，来的可都是有头有脸的人物，他们和人家一桌子吃饭不紧张得腮帮子发酸才怪呢！东西吃到嘴里也不知道啥滋味，活受罪。

你俩说什么呢？菊花你写完请帖没有？王小丫左手里提了三个黑色的塑料袋，右手提了一个鞋盒子走进来说，快累死我了，我又想起家里该摆点花，又跑了一趟西大马路批发市场，鞋店又通知我说我要的鞋子有货了，哎呀，累死我了。

菊花赶紧跑过去接下王小丫手里的东西说，小丫姐你也悠着点儿呀，累厉害了到那天该显得憔悴了。哎呀这花这么漂亮呀，跟真的似的。黑色的塑料袋子里是绢布和玉米衣做成的玫瑰、勿忘我、悬崖菊和三个彩色塑料的花瓶。

王小丫说，好看吧，我可是把整个市场都翻遍了才挑出来的，这勿忘我放在钢琴上面，这悬崖菊挂在书橱的角上，这玫瑰呢放在床头桌上，怎么样？不等干菊花和干桦花搭话，王小丫又说赶紧写请帖，写完后给桂花，桂花你到那天跟着车跑一趟，有这么几个注意事项，第一，保证人数，酒席都已经订好了，到时候人来不了显得太冷清，估计应该不会有什么大问题，因为不是农忙季节；第二，人上车后，桂花你一定想着提醒大家到咱这里不要随地吐痰、擤鼻涕，吃过的骨头鱼刺什么的不要扔在地上，放在面前的小盘子里，茶碗里的水不要顺手泼在地上，这很重要，不告诉他们肯定会闹出笑话的；第三，你在车上就给他们分好桌子，十个人一桌，每个桌子上选出一个机灵的年轻人当头儿，其他的人跟着自己的头儿走，千万不要坐乱了桌，到酒店以后，我是顾不上的，你俩就多操心，吃完酒席后，不能让他们乱跑乱逛，直接组织上车。出了问题，我可要扣你俩奖金的，不是开玩笑的。

保证完成任务，你就放心吧，城里人咱管不了，咱们家那帮土包子咱还管不了么。王桂花信心十足。

王小丫的脸一沉，说，王桂花，我郑重警告你，你以后不能再说土包子土老帽之类的话，那都是城里人给咱们的称呼，城里人看不起咱，你自己还看不起自己么？有你这么说自己的爹娘叔叔大爷的么？我还要出去一趟，你把那张写着朋友的请帖给我拿过来。王桂花紫红着脸把那张让她大费脑筋猜测的请帖递给王小丫。

王小丫拿着那张给"朋友"的请帖，提着她新买的假花和鞋子边走边掂量，到底要不要请"朋友"来——那个给她发了三个毕业文凭的人——给过她帮助的人——唯一清楚她秘密的人——碰巧到她的店里买过打印机墨盒的人——唯一有可能成为告密者、勒索者的人。经过三思，王小丫决定把请帖送过去。她对自己说，朋友是敬出来的，敌人才是蔑视出来的。

　　"朋友"不在，王小丫写了个纸条——你是我在这个城市里的朋友，是在我困难的时候给我指路的人，给过我帮助的人。忘恩的人不是人，你的恩情我永远记着，请来参加我的婚礼，我用我的喜酒向你表示感谢！连同请帖从门下面的缝隙里塞了进去。

24

出乎王安南的意料。

出乎乔红的意料。

出乎王江山的意料。

出乎王安南的同事朋友的意料。

出乎乔红王江山亲戚朋友的意料。

出乎赵历历的意料。

出乎著名的世纪祥瑞大酒店员工的意料。

庞大的农民宴席队伍出现在他们面前。他们拖儿带女，扶老搀幼，拉拉扯扯，交头接耳，东张西望，满脸的风尘，满目的新奇。他们穿着自己或别人的最好的衣服，他们的衣服上都带着箱底的陈年气味和皱褶，他们拘谨地喘着气，小声地咳嗽，默默地把痰咽进肚子里，他们牢记着王桂花的要求，不能随地吐痰擤鼻涕，不能把鸡骨头鱼刺扔地上！他们带着坚定的信念——咱可不能让城里人看不起咱！不能给王家庄丢脸！不能给王小丫丢脸！他们踏进金碧辉煌的酒店大厅，有个媳妇脚底打滑，一屁股蹲坐在了地上，引得父老乡亲一阵捂嘴捂鼻子的哄笑，酒店大堂经理赶紧跑过来问是否摔着了，还问要不要去医院，把个媳妇羞得脸跟个紫茄子似的。

王安南和王小丫已经全副武装站在宴会厅门口迎接客人，乔红和王江山坐在门后面的两张椅子上，等待迎接自己的老朋友老同事老邻居和一直把他们叫作恩师的学生。三三两两的，人们遵循着礼节，递着红包，说着千篇一律的祝福。王小丫几乎一个也不认识，她跟着王安南和他们握手，重复着谢谢两字。突然，楼道里传来王小丫熟悉的乡音，欢快，响亮而杂乱——

哎呀，这地上铺的是个啥嘞？这么软和和的，跟踩着棉花似的。

像棉被似的。

哈哈哈，还棉被哩，这是地毯，人民大会堂的肯定比这个还厚，你们信不信。

我还不知道是地毯？我是说踩着跟棉被似的。

这么好看呀，你看牡丹芍药的，你脚底下踩着凤凰哩，踩脚底下多可惜呀。

娘儿们见识，地毯不铺地上，难不成挂到墙上？

哎呀，你看那画上那女的奶子怎么那么大呀，那么圆溜。

嗨嗨嗨，小声点儿，奶子奶子的，也不怕人家笑话。

嘻嘻嘻，这不是新鲜么，咱哪见过这么高级的地方。

哎呀，看见小丫了么，这么俊哪，跟个仙女下凡似的。

立马有五个孩子从队伍里钻出来喊着三姨跑过来。王小丫大姐家三个，二姐家两个。跑到跟前，看清楚穿着白色婚纱戴着假睫毛的三姨，又拘谨地不敢向前。

王安南不敢相信自己的眼睛，他用怀疑的眼神看了一眼王小丫问，这么多人，都是来参加婚礼的？

王小丫已经没有回答他的时间。她一下子被姑娘媳妇们包围起来。王小丫快乐地看着她们绿绿的眼睛，任由她们粗糙的手在她洁白的婚纱上发出细微的摩擦声。

哎呀，哎呀，这是我们小丫吗？俊死了，俊得简直就是仙女下凡尘！

像七仙女呢！

嗨嗨嗨，你们看！配上这地上的牡丹花，像不像牡丹仙子？

王小丫说，你们是没穿着婚纱呢，穿上肯定比我还好看，让菊花和桂花带你们去坐下，过一会儿我给你们敬酒去。

乔红和王江山听见动静，伸头来看。不禁倒吸一口凉气——天啊，这是赶大集么？！

乔红把王安南拽到身边说，你想干什么？弄这么多人来，你们到底想干什么？为什么不提前跟我说一声？闹出笑话来怎么办？这可是你结婚，人家会笑话你的。

王安南一时也不知道如何回答母亲。王江山打圆场说，人已经来了，能出什么笑话？

乔红瞪了王江山一眼说，我们那些老朋友都是些德高望重的老教授，还有咱们的学生来得也不少，有的都是副部级干部了，就让他们和这一帮泥腿子混在一块啊？你看看他们哪一个手指甲里没有灰？人家还能咽下去吗？亏你们想得出来。怪不得坚持不要单间，说什么热闹，这可真是热闹！你到底想干什么？显摆你找了个农民？乔红的嘴唇抖动起来。

乔红虽然是批评王安南的，王小丫却是听得一清二楚。王小丫很不屑地瞟了一眼她的婆婆，心里嘀咕着，乔红啊乔红，你就是再讨厌农民，今天你也奈何不了他们！农民怎么了？有本事你别吃粮食啊，你喝西北风去呀！你是比他们有文化，有地位，有见识，你吃得比他们好，穿得比他们好，住得比他们好，你什么都比他们强了，还不行？！你还要鄙视他们！你竟然还要鄙视他们！你鄙视他们就是鄙视我！你从来就没有瞧得起我！但是，你儿子爱我！我拥有了你的儿子！我掌控着你的儿子！你再有本事，你也不能阻止我们的婚礼！王小丫故意地提高声音说，安南，你今天可是一定要把我娘家人招待好了，按照风俗，今天娘家的客人可是要比婆家的客人尊贵，招待资格还要高的。

王小丫的父母和弟弟王耀祖提前两天就到了，此时正坐在给新娘专门用来更衣的房间里，听见乡亲们来了，赶紧出来迎接。正巧听见王小丫在说娘家人比婆家人尊贵的话，不约而同地朝小丫瞪眼。小丫娘赶紧过来拉住乔红的手赔礼说，老嫂子，都怪我没把孩子教育好，说话不知道深浅，你们别见怪，多担待，以后她有哪里做得不对的，你该说说，该打打。小丫他爹也随声附和。乔红勉强挤出一个微笑说，客气了，不怪你的孩子，怪我的孩子不懂事。赶紧把手指从小丫母亲粗如老树皮的手里抽回来。小丫娘也感觉到了乔红手的柔软细滑，禁不住赞叹起来，哎呀，老嫂子的手这么滑溜溜的，这么细发，一看就不是干粗活的，你们城里人就是享福啊，哪像我们乡下人，你看看我这手啊。乔红装作没有听见，把眼睛望向远处，和她的几个老朋友打招呼。

王小丫看在眼里，她思忖了一下，找到司仪耳语了几句。然后胸有成竹地看着她母亲那双被乔红厌恶的手笑。那是一双皴裂如老槐树皮的手，一双被贫穷和勤劳撕裂了的手，几十年的劳作沉积在皮肤的纹理中，看起来让人食不下咽。

让乔红、王江山和王安南稍稍放下心来的是，王小丫的亲友团很是知趣地顺着北面墙根的一排桌子杂而不乱地坐着，乖顺得如同站在别人家门口看热闹的孩子，和其他的客人泾渭分明。

音乐响起，一场被模仿得变形的中国特色的婚礼正式开演。洁白的拖地的婚纱在中间的绣有牡丹芍药龙凤飞舞的地毯上徐徐前行，在一双红色高跟鞋的带领下走向主角的位置。被撕碎的玫瑰花瓣由两个婚庆公司的小伙子高高抛起，散落在新娘和新郎的头上，身上，脚下。落在白色婚纱上的四五片花瓣，如同鲜血一样炫目美丽。就在踏上主席台站在由众多的气球簇拥着的红喜字前的时候，有人发现王安南戴在胸前的新郎标志不见了，司仪不得不示意工作人员赶紧找寻，王桂花、王菊花、王耀祖也跑出宴会厅到楼梯卫生间酒店门口寻找。最后在一个来宾的椅子腿下被发现了，虽然上面的新郎字样依然清晰，但别在上面的玫瑰花却已经被椅子腿碾碎了。王耀祖非常怜惜地对着它吹了三口气，试图让它起死回生。碎裂的花瓣在王耀祖带有龋齿气味的吹拂下，凄然飘落。经验丰富的司仪说，美丽的新娘手中有一百朵玫瑰，九十九朵代表他们的爱情天长地久，另外一朵呢，是献给她的新郎的，是一个美丽的希望，希望新郎在一辈子的生活中一心一意呵护他唯一的爱人！边说边从王小丫怀抱的玫瑰花中拽出一朵递给王耀祖，两个心领神会的工作人员从王耀祖手中抢过玫瑰花和写有新郎的红布条，熟练地用别针别在一起。转眼的工夫，新鲜的盛开的玫瑰花又回到了王安南的胸口。

司仪说，古人讲究郎才女貌，认为郎才女貌是最佳的结合，才，是才华的才，今天站在你们面前的这对新人就是这么天造地设的一对！新娘美丽动人胜若天仙，新郎才华横溢是我们省城最高学府的大学教授！

掌声响起。

王小丫用灿若鲜花的笑容朝向她的亲友团，他们羡慕而骄傲的目光像舞台的侧光灯扫射在王小丫的身上，使得她更加光辉夺目。

王安南不好意思地对司仪说，哪里哪里，你过奖了，副教授，副教授。

在司仪麦克风的嗡嗡声里，零乱的掌声中，王安南的声音更正被淹没了。像一块指甲盖大小的石子落在热闹的湖面，一圈小小的波纹扩散到离他最近的新娘的耳朵里便消失了。

王小丫悄悄地用胳膊肘顶了一下王安南。

待掌声落下，司仪接着说，今天这对令人骄傲的新人不仅体现了古人的审美观点，更加体现了我们新时代新青年的特征！那就是勇于拼搏勇于创业！巾帼不让须眉！郎貌女 cái！这个 cái 既是才华的才，更是财富的财！现在我宣布新娘的嫁妆是五十万元！

一石激起千层浪。

大大小小的浪花相互碰撞。惊讶的，羡慕的，怀疑的，不屑的，赞美的，嗤之以鼻的，大声叫好的，讥讽的……混杂在一起，在人们左右相顾的脑袋的搅拌下，唰唰作响，逐步升温，最后化作滚沸的油浇注在王安南的脑袋上，还有坐在他后面等待着新娘和新郎鞠躬谢恩的乔红和王江山的脑袋上。三个城市的高贵的渊博的骄傲的脑袋变成了油炸糕。

王安南低声质问王小丫，你怎么能这样？！

王小丫把胸前的九十九朵玫瑰往上抱了抱，挡着嘴巴，她柔而带威的声音穿过玫瑰花拐进王安南的耳朵，这是事实！装修房子、买家具、买钢琴、买扬琴就是将近二十万，还有我的公司呢，光手里的货就将近三十万，我还少说了呢！光明正大又不丢人！

王安南！乔红威严而愤怒的声音像锥子一样扎在王安南的后背上。他的脊梁柱在母亲的呼唤里变得僵直而疼痛。他用落了枕的姿势转身走向他的母亲。

王安南，你们什么意思，我乔红是穷得卖儿的人么？还明码标价了，你！我把你培养成大学教授，就是为了让你给我丢丑？要卖的话，你就只值五十万么？！

妈，你别生气，我真是不知道。说完，又觉得自己把责任推给王小丫不太合适，接着小声嘟囔说，可能人家现在都兴这个，回头我问清楚，也许是司仪自作主张。

王江山说，好了，安南你赶紧站回去，乔红，咱要以大局为重，不能因为这个把今天这场面弄哗啦了，那才叫丢人呢，忍一忍，以后再说。

乔红也知道不是由着性子的时候。此时她体会到了在舞台上欲罢不能的尴尬。忍着，忍着。她把丈夫的要求放在喉咙里堵塞着自己的愤怒。她悲哀地看着儿子的后背，为他最终选择了一个俗不可耐的女人而悲哀。

在乔红的愤怒和悲哀里，王小丫的母亲抬起她皴裂如老槐树皮的手擦去了眼角的泪水。她做梦也没想到她的女儿会有那么多的钱！她为她的女儿高兴！为她的女儿骄傲！为她的女儿放心！这样人家就不会看不起她的女儿！是啊，要是没有这么多的钱，拿什么去配得上人家大学教授呢？！那还不得天天受气，给人家当丫鬟使唤呀……

25

　　从婚礼上回到家，乔红的脸颊和牙床又酸又麻，开口吃饭说话已经很困难了。这也正为她找到了一个不说话不吃饭的理由。她进门就躺在沙发上，慢慢地左右摆动着牙床，胸膛里面一股火在蹿动！烤得她的心她的肺她的气管和喉咙干巴巴地疼，只要她一使劲它们就会碎裂。王江山认为她中了风邪，着急忙慌地拿了毛巾浸到热水里给她上热敷。乔红知道没有什么风邪，是她一直咬着牙咬的，是她不得不挤出笑容来挤的。她把自己的脸埋在湿热的毛巾里，吸着上面的湿气。慢慢地，她发出了呜咽的声音，屈辱的无法发泄的愤怒。

　　王江山等待着她的肩膀停止抖动后，小心翼翼地劝说道，算了，不跟他们一般见识，咱们从今以后就算完成任务了，咱俩每天出去打打太极拳，爬爬山，锻炼锻炼身体，和老朋友们老同事聊聊天，再不就出去旅旅游，咱轻轻松松地度晚年。乔红心里说，王江山啊王江山，我可没有你脸皮厚，你认为我还出得去门吗？我的老脸往哪里搁呢？从此以后，我乔红和你王江山就成为了人家的谈资，牌桌上饭桌上的笑料，举例说明的一个具有代表性的例子——一个大学教授娶了个农村姑娘，因为这个农村姑娘有五十万元的陪嫁！

湿热的毛巾冷却。乔红站起身来走到书房，铺展开她上好的宣纸，写下：王安南你和你的妻子让父母脸面丢尽，不得再进家门！不待墨干，乔红就把它贴在门上。黑色的墨汁跨过乔红给它们定好的走向，往下流去，如同黑色的泪痕。乔红的心里稍稍地轻松了点，最起码她的邻居会通过它们知道其中的含义，知道她心里的苦。

王安南和王小丫送完客人，辞别了亲人，收拾了酒席上剩余的烟酒，归置到一个纸箱里，由王安南抱着，王小丫则提着两个大纸袋子，里面装着她租借来的洁白的婚纱和一套龙凤呈祥的大红旗袍，还有很多个祝福的红包。王小丫幸福地挎着王安南的胳膊，头靠在他的肩膀上。她的脚心疼得快断了——鞋跟太高了，她站了整整八个小时，她坚持着不肯换低跟鞋，因为那会使她看起来不够高挑，不够醒目。她撒娇地说，我的脚快疼死了，到家后你帮我揉揉哦。王安南的心里有一面小鼓在咚咚地敲，他猜想他的父母肯定会不高兴，他想只有把责任推到司仪身上，才能解开母亲心里的疙瘩。他闷闷地说，穿那么高的跟儿站了快一天，能不疼么？鞋子最重要的是合脚，穿着舒服为好，要是走不动，先在楼下等着，我先进屋放下东西，再出来扶你。

终于到家了。终于可以理直气壮地进出这个家门了。她终于成为这个家的一员了。她将为这个家生儿育女，她的儿女再生儿育女，使这个家永远存在！王小丫站在楼梯下仰望着家门。

门上贴着什么？王小丫感到莫名其妙。有谁家里娶儿媳妇不贴大红喜字的？又没死人干吗贴白纸？王小丫噔噔地蹿上楼来。

王安南试图用身体挡住王小丫的视线，他知道无论如何不能让王小丫看见。他有些慌乱地放下手里的箱子，想把母亲的驱逐令撕下来。但它像长在门上一样，连个边角都撕不下来。

王小丫的脚心已经感觉不到疼了。一瞬间，她像被电击了一样。她怎么也没想到结婚的第一天——婚礼后第一次回家就被拒之门外！而且以这么昭示这么丢人现眼的方式——我做什么了让你们丢尽脸面？我到底做错了什么？你们这么欺负我！她的眼泪和愤怒一下子冲出来！她抬起右脚，朝那扇给她屈辱的门踹去！

一下。

一下。

再一下。

十厘米的尖尖的鞋跟，使她看起来高挑、美丽、醒目的鞋跟，代替她委屈的手指叩击在那扇骄傲冷酷的门上——你说，我做错了什么？你这样对待我，你不就是看不起我么？你就是看不起我！你既然看不起我为什么还让你儿子娶我？你有本事别让我们结婚啊！我又没偷人养汉，我怎么给你丢脸了？你说啊，你凭什么这样对待我？！

王安南抱住她，呵斥道，别闹了，还怕不够丢人么？

王小丫回过身来，怒视着她的新婚丈夫——你说，他们凭什么这么对待我？我偷人养汉了吗？天底下有这么对待刚结婚的儿媳妇的吗？

王安南说，你怎么这么幼稚呀，只有偷人养汉才算丢人现眼么？行了，别闹了，回去。

乔红躺在沙发上，脸上敷着热毛巾，慢慢地左右摆动着她的牙床。她听着王小丫的咆哮，如同听着窗外的暴风骤雨一样平静。她原先以为王小丫是强大的，是难以对付的。现在，她知道了，王小丫是脆弱的，不堪一击的。王江山说得对，没必要和她一般见识，不是一个层次的人啊，她是多么愚蠢，她以为自己只要不偷人养汉就不叫错误。她长长地叹了口气，像山洞里的老虎对着洞外搅扰它睡觉的猴子——用鼻息对付一下就可以了。

26

    王安南和王小丫回到自己的小家里，坐在他们上次疯狂做爱的地方。在两架琴的中间已经摆上了舒适的柔软的色彩鲜艳的沙发。王小丫的眼泪再一次流出来，席卷着厚厚的刚刚衬托了她的美丽和幸福的脂粉，一泻而下。一道道米黄色的小河床在面颊上显露出来，雪后阳光中的小马路一样。

    王小丫说，可以说了吧？说吧，我到底做错了什么，使得你父母这么对待我！王小丫的语气是硬的，但心底里已经没有了在乔红家门前的硬气了。刚刚在回来的路上，她突然想到一个可能的导火索——王红云，她清楚地记得王红云来了，她还给她敬过酒，象征性地说了几句感谢的话。她知道王红云是恨她的，王红云之所以来参加婚礼不是诚心祝贺她王小丫的，她是来跟父老乡亲们解释王菊花和王桂花为什么从她那里离开的——是因为王小丫不仁，挖了她的墙脚；是因为王菊花和王桂花不义，背叛了她们的姑姑。她会不会游窜到南面的桌子上，胡说八道？说她王小丫的坏话来着？说她的文凭是假的，说她只有初中文化？她的汗毛开始警醒地站立起来。如果真是这样，那该怎么办？

王安南说，人可怕的不是犯了错误，而是犯了错误还不自知。

别给我上课，别兜圈子，我王小丫扪心自问，没有半点对不起你王安南和你父母的，更别说什么丢人现眼了。王小丫继续着自己语气上的强硬。她想如果真是文凭的事败露了，最好的办法也只有死不承认，强硬到底了。她不相信王安南会不顾脸面地拿着她的文凭去查证。

王安南说，你这种态度是危险的，一个人应该理性、理智，不要像乡野村妇一样。

王小丫心里说，王安南原来你也看不起我啊，乡野村妇怎么了，乡野村妇倒不会像你妈那高级知识分子一样把家丑外扬。她的眼睛定定地看着她的丈夫，不敢激怒他。

王安南说，你为什么要在婚礼上宣布什么陪嫁五十万？有你这么做的么？你这么做俗不俗？你考虑到这么做的后果么？你让我和我父母的脸往哪儿搁？你知道别人会怎么看这件事情？

就为这个啊？！就为这个？王小丫笑了，泪水停止了流动，那些米色的小河床在她的笑容里弯曲，变成雪后阳光里的田间小径。就为这个！就为这个不让我进家门！这算什么理由？这算什么丢人现眼？王小丫用鼻腔笑着，像树上的猴子看着无法给自己挠痒的老虎。

王小丫说，我不认为我这么做有什么不妥，我没有撒谎，没有虚报，钱是我辛辛苦苦挣来的，不是偷来的抢来的，也不是骗来的！我有什么不对？我要让人们知道我父母养了一个能干的女儿，让别人羡慕的女儿，我要看见我父母为我骄傲，为我自豪！我有什么对不住你们家的？五十多万，而且，我以后还会挣很多钱，我都带给了你们家，没有给我父母也没有给我弟弟姐姐，他们过的什么日子你也不是没有看到！我够对得起你们家了！还竟然说我给你们丢人现眼了！

王安南把双臂抱在胸前，无可奈何地看着王小丫。他突然意识到一个严重的问题——以后还会发生很多类似的不愉快，王小丫看待问题的方法和他们那么不一样！或许，只有把话说得明明白白才是最好的办法，而这恰恰是王安南觉得最不妥的。他认为说得最明白的话就是最容易导致争吵的话，导致家庭不像家庭的话。问题总是在心领神会中被读解，被解决，被转化，被化解，含蓄委婉，直至琴瑟相和，该有多好啊。但想到王小丫的温柔和体贴，王小丫对他的崇拜，想到思考问题的方法和角度都是可以教的，他有了些许的安慰。想到今天只有把话说白了，才会解开王小丫心里的疙瘩。他说，小丫，你也不止一次地问过我，看上你什么？我也不止一次地回答过你，是你的温柔体贴，是你这个人，而不是你的公司，不是你的钱，可你今天这么一搞，无形当中就向大家宣布我是因为你的钱才看上你的，我妈妈清高了一辈子，不能说是视金钱如粪土吧，也是绝对不把钱放在眼里的人，她如果看重钱，就凭她的才能和头衔，坐在家里就会有大把大把的钱送来，你懂吧？但是，她不那么搞，她不认为人的价值在几个钱上！很多的人本来就不理解我们的结合，你今天的这种做法恰恰迎合了某些人的猜测，我们家是看上了你的钱，你让我母亲和父亲的脸往哪里搁？你要向他们做深刻的检讨和道歉！王安南说着说着气就上来了，不得不停下来，终止更高音阶的出现，警觉地看着王小丫。

出乎意料的是，王小丫一直在笑着看他。从王小丫知道原因起，她心底里的硬度重新增加。她早已从众多的家庭悲剧里得出一个真理，用毛泽东的话说就是"不是西风压倒东风，就是东风压倒西风"。婚姻的初期，就是给一生定调子的时期。用赵历历的话说是结婚的头三场仗拼了命也要赢！三场胜利下来，你一辈子的幸福就预定了。她知道自己绝对不能给乔红和王江山还有王安南道歉，更不会做什么检讨。她没有错，她更不能软！不能软！

不能软！

软就意味着败！

但也不能硬碰硬，不能把一辈子的歌搞成摇滚。

王小丫笑着。笑着看她的新婚丈夫。她找不出既不违背自己意志又不挑起战争的语言。她只得笑着，只是笑着。看着绷紧了嘴唇压抑怒火的王安南，先是不知所措的，再是无可奈何的，后来就变成怜爱的、无辜的笑。它们变成小小的火苗烤着王安南脸上的冰霜。待到冰霜化尽，王安南长出一口气，过来搂过小丫的肩膀，轻轻地说，对不起，结婚第一天就让你流泪了。

小丫的泪水再次泛滥成河。她哭倒在丈夫的怀里，胜利的快乐和委屈包围了她，她像孩子一样哭得上气不接下气，她的立场断断续续地一字一句地从她颤抖的唇上滚落下来，站在王安南的跟前，形成楚汉的界碑——我没有错，不要让我道歉做检讨，除非你想要我死。

27

　　王菊花发现王桂花自王小丫结婚以后，常常愣神，心不在焉。菊花说，桂花，人家小丫姐盛开的时候，你怎么蔫了，你不会是看上姐夫了吧？我已经观察你很长时间了，从小丫姐结婚那天，你就开始缺水了，说吧，是不是爱上姐夫了？

　　你就伸着舌头胡咧咧吧，让小丫姐听见了还不剥我的皮啊？菊花姐，唉，我就跟你说了吧，我恋爱了。

　　谁？王菊花的眼睛一下子充满了电。快说，恋爱的滋味是不是真的很好啊？

　　准确地说我是害单相思了。王桂花可怜楚楚。

　　王菊花眼里的光线淡下去说，真没劲，这有什么稀罕的，你不是经常单相思么，今天这个歌星，明天那个影星，我还以为来真的了呢，这日子过得真是没劲呀，你看人家小丫姐，春风得意，如鲜花盛开，你注意看小丫姐的皮肤没有，自从结婚以后，就大放光彩，跟抹了油似的。

　　你才看见呀，她从和姐夫谈恋爱的时候就这样了，美容院都不用去了，唉，恋爱是女人最好的美容护肤品，这你都不知道呀？

　　那你赶紧恋给我看看呀。王菊花幸灾乐祸。

王桂花说，菊花姐，咱俩可是堂姐妹，比起小丫姐近不少呢对不，你该帮着我的对不对？

王菊花说，那还有疑问么，一拃永远没有四指近，你说吧，我肯定会向着你的。

王桂花说，我这次是真的害单相思了，我爱上的这个人可能曾经和小丫姐有一腿的，如果我真谈了，小丫姐会不会恨我呢？

到底是谁？

就是小丫姐的朋友，你还记得小丫姐让你写了一张请帖，上面写着朋友的么？就是那个人。

你怎么认识他的？

婚礼那天，他来了。

我怎么没看见？和谁坐一桌？长什么样子？

他就在门口，不肯进去，给小丫姐留了一封信，我交给小丫姐了。

那你也不能说他和小丫姐有一腿呀，乱想，叫我说，你就让小丫姐给你做媒好了。

不，他们肯定有一腿，你没看见那个人的眼神，是那种伤心欲绝的眼神，站在门口，远远地看着小丫姐幸福地给大家敬酒，不知为什么，我的心一下子就疼了，我就想不管有多少女人曾经伤害过他，我都会用我的爱给他修补好的，像嵌墙缝一样把他心里的伤痕都嵌好。看见他，我才知道爱情是没有条件的，原来我总是想找个有钱的，现在哪怕他就只有六十六块钱呢，我也愿意跟他。

他如果就长着那种眼睛呢，他的眼就放那种光呢？就像那个叫尼古拉斯·凯奇的外国影星不就眼里放你说的这种伤心欲绝的光么。

我偷看他留给小丫的信了，不是我故意的，那信没封口，还有六十六块钱。

六十六?

嗯，代表六六大顺。他说他祝福小丫姐六六大顺。

说什么了?

信上说，你是我这一辈子遇见的最好的最重情义的人，最懂得尊重别人的人。我永远都不会忘记的。三千三百分之一呀。你曾劝我改变的话我一直记着，我也尝试过，但是太难了。你的幸福就是我的慰藉。小小一点心意，祝你六六大顺! 菊花姐，你说，这样的话还能是别的意思?

嗯，是不正常，好像是他辜负了小丫姐。这人也真是，人家都结婚了，还跑来说这些。你给小丫姐了么? 她怎么说?

不知道，她看也没看就塞到包里了。你说我该怎么办呢? 我真的快完蛋了，我的眼前老是那个人的影子，睁开眼是，闭上眼还是。咳，你说，三千三百分之一是什么意思? 会不会是他爱过三千三百个女人? 还是说他爱小丫姐爱了三千三百天?

不知道，那你打算怎么办?

我这不是想问你么，你说，我直接找他跟他说怎么样。

你怎么找? 这么大个城市，你知道他住在哪里? 你又不能去问小丫姐。

他给小丫姐留了一个手机号，我记住了。你和我一块约他行吗? 我自己没有胆量。

行，豁出去了，大不了得罪小丫姐了，其实也不叫得罪，她都结婚了，姐夫条件又那么好，她肯定不会在意这个人了，就是在意，也不能吃着锅里的再看着盆里的吧?

28

　　虽然有了婚礼那天的不愉快，王安南和王小丫的日子还是过得甜蜜异常。尤其是王安南，觉得自己就像是一个蛋黄被蛋清包裹着，四周都感到柔软的呵护。王小丫什么家务也不让他干，碗都不让洗。每当王安南争着洗碗的时候，王小丫就把他推到书房或者客厅说，你那手哪是干这个的？你赶紧看你的书吧。打你的电脑吧。弹琴去吧。王小丫每天忙完家务都会安静地坐在他身边，看着他的手指在电脑键盘或者琴键上起落。她满足地崇拜地看着她的丈夫，她衷心地赞美他说，你真迷人，看你的手指就像鱼一样游呀游的，我们一定生个儿子让他像你一样有知识，有文化，多才多艺。王安南说，不，我要让他像我一样有福气，娶个像你一样温柔能干的好妻子。

　　偶尔地，王安南会在办公室里没人的时候给乔红和王江山打个电话。蚕茧抽丝一样梳理着父母心里的不愉快。乔红一直坚持着让王小丫道歉才可进家门的原则。王安南知道王小丫已经把话说到死的份上了，是不会向他母亲道歉的。所以，王安南从来不在王小丫面前提回家的事。他耐心地等待着乔红和王小丫之间出现奇迹。

　　除了偶尔想起乔红的大字报之外，婚后的王小丫体会到了一种巨大的幸福。这幸福之所以巨大是因为它来自于整个校园，而不仅仅是她当大学副教授的丈夫。王小丫的幸福和谈恋爱时的幸福感是有区别的，就是把前者里的那一点忐忑不安去掉了，尽管那一点不安并不算大，但它像一把勺子在她情感的锅里搅来搅去。没有了不安的搅动，王小丫心里面的幸福如同即将开锅的玉米粥，表层是静的，内里却有无数个激越的小泡泡。当她挽着王安南的臂弯徜徉在校园静谧的湖边、树林、热闹的广场、宿舍、体育场时，把自己浸泡在知识的文化的骄傲的中心时，看着曾经令她神往，令世间无数的父母学子神往的地方，看着大学生们令人羡慕的青春年华、他们身上令人忌妒的自信和骄傲时，或者当她进出学校的大门，从那几个著名的镏金大字下走过时，有外来的人称呼她为老师，向她打听路时，她的心里面就会有小的泡泡浮游。那些泡泡会游到上面，在她的面颊上碎裂，在她的笑容里绽放出粉红的颜色。夜晚，散完步的王安南最常干的事情就是坐在电脑前写他的论文，或者是弹弹钢琴和扬琴。她喜欢坐在王安南的身边，看他的手指在电脑键盘上，在琴键上、琴弦上起起落落，如同美丽的天鹅在清澈的河水里呼扇自己的翅膀，令人赏心悦目。很多的时候，她禁不住赞美他，她常常痴迷地盯着他的手指，他的头，为它们的灵巧和里面的丰富感到惊讶不已。尤其是当王小丫把一些朋友——她在生意上、在美容院里认识的女人（她们都是有钱有地位的人，有两个人的老公还是政府部门的领导），邀请到家里听王安南弹琴——她们眼睛里有羡慕和忌妒在滋生的时候，她明显地感觉到自己心脏里原来的那块空地，那块荒芜的经常飞沙走石的，空旷得让她难以承受的地方，丰盛起来，绿草茵茵。

幸福的王小丫最大的愿望就是王耀祖赶紧考到这里面来。她知道自己内心里的缺憾，就是那些在她面颊上碎裂后绽放出红色的小泡泡——她并不是真正的天鹅，她仅仅是一只嫁给了天鹅混在天鹅群里的大白鹅而已，大家都在河里栖息着的时候，看不出来，可是等他们飞升的时候就不一样了。但是如果她的弟弟是一只天鹅，那她也就是了，最起码也差不多是了。

29

　　转眼又快到期末考试了。王安南在给学生做最后辅导的时候，总感觉坐在讲桌正前面第一排的一个女学生看他的眼神有点怪怪的。每一节课，她总是迟到个一分半分的，在王安南刚刚翻开讲义准备讲课的时候她怯怯地悄悄地飘进来，眼神怪怪地看一眼讲台上的王安南。仿佛她不是来上课的，是路过，无意间打搅了陌生人似的——神情里含着些许娇羞，含着星点歉意。王安南看着她却又不知道是不是该批评她。连续三次下来，王安南开始注意她在上课时的表情。根据王安南当老师的经验，讲台下面的表情基本有两种，一种是听得懂的，那眼睛是入神的，亮光的，是随着老师的手指和嘴巴甚至神情转动的；另一种是听不懂的，眼睛是无彩的，混沌的，散漫的，呆滞的。那女孩子的眼神既不是懂的，也不是不懂的，那眼神是不在王安南的手和嘴巴导引下的，是失控的。王安南便有了一种问问她到底在胡思乱想什么的冲动。

　　在王安南看向女生的时候，女生周围的几双眼睛里便起了风暴。他们关心地专注地盯着老师的眼睛看里面是否有信息可以捕捉，是否有秋波在荡漾。女生是他们的一个演员。是他们设计的美人计里面的美人。是他们争取及格的一种不得已而为之的手段。他们希望她的姿色征服老师，能够从老师那里套出试题来。他们根据老师看她的眼神，分析下一步的计划和方向。他们每天晚上都要碰头开小会讨论。他们知道老师新婚宴尔不容易上钩，他们也不希望老师真的咬住钩子，他们只希望他凑上前来闻闻鱼饵，钻进他们的网里。

在女孩第四次迟到的时候，王安南已经讲了三分钟了，他不得不停下来，看着她飘——飘过讲桌，飘进她的座位里。他看着她轻盈无声的飘动愣了下神。他看着她坐好，说，我再从头讲起，可能有的同学刚才没有听见。底下如同有一阵小小的风刮过，有人小声嘟囔——原来她才是上课铃呀。王安南的脸和女孩子的脸都热了一下。课间，王安南走过去问她，为什么老是迟到？还有没有听不懂的问题？

女孩低了头去，怯怯地回答说，我的手表总是慢。女孩的脸埋在臂弯里，她白皙的精致的耳朵红得如同玫瑰的花瓣，花瓣后面的皮肤光滑得如同崭新的绸缎。王安南第一次看见这么漂亮的耳朵，这么娇羞的女孩子，不觉有些怜香惜玉。他说，下次记着让同学叫你一声，有什么问题一定要问，老师是不怕麻烦的。说完后又转向其他的同学重复说，老师不怕麻烦，老师欢迎你们发现问题，欢迎你们来问，你们就更不能怕麻烦，尤其是那些没有学扎实的同学，一定在最近的这段时间里，抓抓紧。尽管有人叫我不及格大王，但我特别希望你们及格。这样吧，因为你们没有固定教室，我每周二、四晚上在教研室待到十点，你们谁有问题就到办公室来找我，我要是有特殊情况晚上不在，我会在白天的课上通知大家。他的话像电灯开关一样打开了好几双焦灼的眼睛，它们同时冒出兴奋的光芒——

机会来了。

晚上九点，女孩怯怯地推开了教研室的门，喊了声老师。柔弱得像是一片落地的叶子发出的声音。

王安南笑了笑，顺手拉了把椅子放在办公桌一侧说，进来坐吧，今晚你是第一个来问问题的，说吧，有什么问题？

女孩子坐下低了头说，老师，我来是想求你一件事情，求求你把试题告诉我吧，我真的不会，这门课太难学了。

王安南听了一愣，这是他当老师以来遇到的第一个敢对他提出这种离谱要求的学生。他禁不住反问道，你说什么？

女孩子低了头，红了耳朵说，把试题告诉我吧，老师，求求你了，你要我做什么都行，求求你把试题告诉我。

王安南吃惊地盯着白天还在他心里引起怜香惜玉情感的女学生问，你是说我对你做什么都行，只要把试题给你？！

女孩子说，是的。耳朵红得如同玫瑰花瓣，耳朵后面的皮肤细腻得如同崭新的绸缎。

王安南的心里生出针刺的疼痛——这是他的学生么？！

这还是学生么？！

这是什么学生？！

王安南说，你抬起头来看着我。

女孩子抬起头来，如同一整朵的玫瑰花呈现在他的面前。

还知道脸红，说明还是有廉耻的，你这是在侮辱老师也是在侮辱你自己，你想过没有？

女孩子的眼睛里突然涌出大颗的泪珠，老师，我实在是没办法，你这门课我要是再不及格，我就毕不了业，我四年就算白搭了，没有文凭，我怎么在社会上生存呀？

王安南见女孩子哭了起来，站起身想去拿毛巾给她擦脸。女孩子顺手抓住他的衣襟，大声哭起来，老师，对不起，我绝对没有侮辱老师的意思，您原谅我好吗？老师！哭着便把脸贴在王安南的腰带上。王安南赶紧扶她坐好，继续他拿毛巾的动作。

几个幕后导演不停地夸着女孩的演技。女孩说，我从小就有表演天赋，我原来的梦想是读电影学院表演系的。你们抓住镜头了么？

应该没问题，就是担心不太清楚，不敢用闪光灯的。

30

令人沮丧的事情最容易在阴雨天发生。王桂花一直认为如果她给"朋友"打电话那天不下雨情况就不会这么糟。那天她突然就有了打电话的勇气。为避免走漏风声，王桂花和王菊花冒着大雨挤在公共电话亭里，犹豫再三，按下了那个早已熟记于心的电话。

电话通了，王桂花激动得发不出一个音来，她的嗓子里像是塞着一团棉花，棉花很潮湿，很松软。

喂，喂，谁呀？说话呀！"朋友"一遍遍地问着。

说话呀！王菊花用食指戳王桂花的肋条。怎么了，你说话呀，不说人家会挂断的。

王桂花无助地看着王菊花背后的玻璃，雨像是从水管里出来直接流在玻璃上一样。我说什么？她用手捂住话筒问王菊花。

王菊花说，这么多天了你都没想好要给他说什么？说你喜欢他呀，说你爱他呀。

我说不出来。

我来说。王菊花拿过话筒按到自己的耳朵上。话筒里是一连串的嘟嘟声。

挂了。王菊花说。再拨一遍。

王桂花咬着下嘴唇问王菊花，菊花姐，你说直接跟人家说那些话好么？

王菊花说，是不太好，要不这样，把他约出来，你不好意思说，我替你说去。要是你俩成了，可不许忘了我的。

当然了，你比我亲姐还亲呢！

电话再一次拨通，"朋友"有些不耐烦地说，你到底是谁呀？你怎么知道我电话的？干吗拨通了又不说话？再不说话我挂了。

王菊花赶紧说，别，别，别。

你到底是谁？

我是王菊花，我身边还站着王桂花，是她要给你打电话的。

她是谁？

她，她，是我妹妹，我是谁，我，我，怎么说呢，噢，我们都是王小丫的妹妹，王小丫你该知道吧？我们就是从她那里知道你电话的。一提起王小丫，王菊花的思维活跃起来。

你们打电话找我有事么？是王小丫有什么事了么？"朋友"的语气变得和蔼可亲。

我们有非常重要的事情要和你当面说，你能来一下么？

"朋友"又问，是王小丫要你们打电话的么？她出什么事了？好，你说地方，我这就过去。语气里已经有了些焦灼的味道。

她的店左边路口的公用电话亭里。

他答应来了？！王桂花有些惊喜地问。

王菊花挂上电话对王桂花说，别高兴得太早，这人可能真跟小丫姐有一腿的，他问起小丫姐来，那口气就跟什么似的。

跟什么似的？你快说呀。

我也说不准，就这样，小丫是不是出什么事了？好，我这就过来。你听听，感觉他嘴里都急得跟着火了一样。

王桂花说，我不会计较他的过去的。

王菊花点点桂花的鼻子说，听听这话，没脸没皮的，人家要是有老婆有孩子呢？你也不计较？

那当然要计较了，只要不是这种情况，我就有信心。王桂花说，你看我这样行么？我的妆花了没有？

美着呢，跟妖精似的。

一会儿他来了，就全靠你了，菊花姐。王桂花甜腻腻地挎住菊花的胳膊。

没问题，我又不是第一次给人家做媒了，你就等着看吧。

远远地，就看见一个人弯着腰迎着风雨朝电话亭跑来，身上穿着一件黄色的骑自行车用的塑料雨衣。

快看，是不是？

应该是吧，看不清楚。

电话亭里已经站不下第三个人了，黄雨衣站在雨里问，是你们找我吗？你们是王小丫的妹妹么？她到底出什么事了？

王桂花突然看见自己日思夜想的人站在面前，觉得既亲切又陌生。她觉得"朋友"穿着黄色的雨衣显得格外的年轻。她有些羞涩地咬着嘴唇看着他，刚刚消失的那团棉花又重新堵上来。热热的，软软的，水汪汪的，等待着上行到她的鼻子和眼睛里，替她表达爱情。

王菊花说，小丫姐没出什么事，她好着呢，恐怕这个世界上再也找不出像她那么幸福的人了。是我们俩找你，想问问你，你有对象吗?

"朋友"的眉头皱起来,他有些恼怒地看着眼前两个十万火急把他招来的女孩子——就为问这个?!你们也不看看这是什么天气?

没有,怎么,你们打算给我介绍一个?他有些挑衅。

王菊花和王桂花对看一眼,王桂花笑着低下头去。

是有人为你害相思病了,这不,就在这里,你认识的,要是相得中呢你们就谈,相不中呢,你也干脆一点,给个痛快话,断了她的念想。王菊花说着把王桂花往外面推了推,为防电话亭门沿上碎裂的雨点蹦到她的脸上,她深深地埋下头去。

"朋友"看着彩霞满面的王桂花,大脑里的视神经欢快地跳了一下,很亮的光从他的眼珠子上放射出来,像突然打开的手电。他盯着王桂花,嘴里一字一顿地念叨着:王、小、丫、的、妹、妹、王、小、丫、的、妹、妹。王菊花盯着朋友的嘴,感觉他是用牙齿在说话,像嚼没盐味的萝卜干,越嚼越没味。他的嘴唇闭上的时候,眼珠子上的光已经消失了。他沉默地看着眼前两个鲜嫩嫩的姑娘足足有一分钟的时间,最后他决定放弃嘴边的美味。他说,这是不可能的。

为什么?王桂花已经顾不得害羞顾不得雨滴了,她的眼睛里含着泪,泪里面包裹着她肝肠寸断的疼痛。为什么?你总得说清楚!

为什么?你不是没有对象么?你是看不上她么?王菊花问。

他抬起头看着乌云密布的天,看着混浊的雨幕,他说,因为你是王小丫的妹妹。

我是她妹妹又怎么了?我,我,我不是她亲妹妹,我们不是亲的,我们不是一个老爷爷的,很远的。王桂花为自己做最后的努力。

你们回去告诉她一声，就说我说的，我永远都不会对不住她的。他闭上眼皮，为了表示这句话的真诚，顺便躲过雨点对眼睛的袭击。

你，你，她已经结婚了，已经结婚了，她心里早就没有你了，她嫁了个大学老师，她心里早就没有你了。王桂花对着他的背影泣不成声。

王菊花说，算了，算了，天底下又不是只有这一个男人，有什么大不了的，喝小丫姐喜酒那天，咱们村里那个叫王红军的就一直盯着你看呢，他可不比这个人长得差，还在咱们县城里开烟酒批发店呢。

你不懂，你什么都不懂，你不知道这滋味，我恨王小丫，我恨她，恨死她了。王桂花放声大哭，任凭雨水在她精心描画过的脸上纵横。

31

　　赵历历盯着自己保养得光洁细润的手指，看着指甲上面一个个的京剧脸谱，关公、钟馗、包公、七品芝麻官和秦香莲。盯着小拇指上的秦香莲的时候，她突然想起了王小丫。不知道她现在过得怎么样，她可是成为新时代的秦香莲的好苗子。她听说过王小丫在自己家里搞聚会的事。不是一次，是好几次。好几次，她赵历历都排不上号。她觉得王小丫特没良心，用得着人的时候就拉到怀里，不用的时候就忘到十万八千里以外。从她结了婚到现在，小半年的时间过去了，还不曾给我打过一个电话呢！要是没有我的指点，她能搞定大学教授么？她越想越生气，拿过电话，右手食指按下王小丫的号码，想了一下又把号码删去，改用小拇指，按着按着自己就笑了，十一个数字，一小排的秦香莲。电话响起的时候，她的心里已经没有怒气了。

　　不等王小丫开口她就嬉笑着说，你这个没良心的，我这当姐的到现在还不知道你家门朝哪开呢，重色轻友的家伙，怕我抢了你老公吗？

　　王小丫说，哎呀，是历历姐呀，你可冤枉我了，我都快想死你了，只是我没有你的福气呀，我一天到晚忙得要死，哪像你坐在家里就有大把的钞票装进口袋里，过少奶奶的好日子，我早就想请你到家里来玩，就是一直忙。

你呀，不是没良心，就是被男人搞晕了，今天有空吗？我老公出差了，快闷死我了，我过去找你说说体己话。

好啊，正巧我今天有空，就是天不好。

我开车去你那里，你拿出看家本领来做几个好菜就行了。

王小丫把赵历历迎进客厅，对着她上上下下一番打量，说，这剥削阶级和老百姓就是不一样，你看看你白里透红，滋滋润润的，这手指甲这么长，画得这么漂亮。

赵历历说，去你的吧，搞清楚没有，谁是剥削阶级？你才是呢，当老板的才是剥削阶级呢，你也美美指甲吧，我带你去，给你打八折，那里有最好的美甲师。

我一天到晚洗衣做饭，在店里还要搬箱子，我可不能像你那么悠闲。

让你老公干哪。

他啊，他哪里有时间干家务，再说了我也舍不得让他干，他一天到晚趴在电脑上打呀敲呀，忙着写书写论文，连琴都没时间弹呢。王小丫的眼睛带领着赵历历的眼睛往钢琴那边看去。

赵历历说，嘿，你老公还会弹钢琴呀？这大学老师就是不一样啊。

他呀，他还会弹扬琴呢，要不是他妈妈，他完全能够成为一个音乐家。王小丫的眉眼里全是骄傲。

赵历历的心里有一大串青葡萄被挤碎了，她由衷地赞美道，哎呀，那可真是个才子呢，多才多艺呢。那个玩意儿怎么弹？她走过去用"钟馗"和"包公"在扬琴的琴弦上划拉着，琴弦发出嗡嗡的吼声。

王小丫说，是用这小木槌敲的，等他回来给你弹奏一曲，他弹得可好了。

赵历历心想，这么完美的男人怎么会找王小丫呢？不，这个男人肯定有缺点，或许有很大的缺陷。她停下手指，让"钟馗"和"包公"捏住最粗的那根琴弦说，你老公那方面也很厉害吧？

王小丫看了一下门口说，什么呀，别乱说，他快回来了，让他听见多不好。

赵历历把捏住的那根琴弦使劲往上拽起，然后猛地放下，像感了风寒的人清晨起来清嗓子。她用眼角看着沉浸在骄傲和幸福中的王小丫说，得了，你就别跟着人家大学教授学清高了，那玩意儿学是学不来的，从实招来，怎么样？

这话使得王小丫的心里有三分不高兴。她感觉到赵历历也是把她看作一只混在天鹅群里的大白鹅！什么叫学清高，你以为都像你那样，一天到晚嘴挂在下半身上。王小丫的嬉笑含着鄙视。

赵历历说，嘿，老祖宗不是说了么，人，就三个字，食色性也。你看，就这三个字，还有两个离不开下半身呢。

王小丫觉得赵历历的话不太对，但又不知道确切的意思，不好反驳。知道赵历历是那种刨根问底的人，就说，也还行吧，一个星期或者半个月一回。

质量怎么样？

还行吧，我又不像你见过世面，我又没有比较，还行吧，来吃点水果。王小丫抬头看了看表，拿起一个橘子剥开递给赵历历，希望把她的注意力转移开。她不想在这个话题上走得太远，她知道这是赵历历的强项，知道在这个事情上欠着赵历历一个人情，更不愿在赵历历旧事重提的时候被王安南听见。

还行吧就是不太行啦，这不对吧，我见过你老公的，根据他的面相和身材，他应该是一个很厉害的主儿才对，男人的鼻子又高又挺的，腰部又细又长的，像公狗腰的那种，都很厉害的，你老公就是的。

你老公才是公狗腰呢。

你听我说，我说句你可能不爱听的，他另外有没有人？你想想：他那么好的条件，怎么会没人追呢？那些个女学生，最容易暗恋老师了，这男人呀，有没有外遇，只要看他做爱的兴趣就知道了，你见谁在外面吃饱了回到家还狼吞虎咽的？你还是要睁大点眼睛，别一天到晚傻呵呵地光顾着幸福了，得看得紧点，好东西谁都想要。

像只苍蝇钻进鼻子里，王小丫拿餐巾纸捂着鼻子擤了擤，一语双关地说，你就不要替我操心了，我们家安南不是那样的人，他是做学问的人，又不是生意场的人，也不是贪官污吏，没有花花肠子的，再说了，他也没那个胆。

赵历历翘着她的小拇指把橘子瓣送进嘴里说，好心当驴肝肺，这年头十个男人九个花，剩下一个没长大。我是跟你说体己话呢，到咱们这个年龄，跟那些嫩得一掐就出水的女学生是没法比的，就是比人家多俩钱，要是看不紧，丢了男人不说，财产还要被瓜分。看看这个，她把小拇指伸到王小丫眼前说，秦香莲！我这指甲可是有讲头的，大拇指上是关公关云长，二拇指是钟馗，中指是包公，包青天，这个是七品芝麻官，全是主持正义的！我老公说，他的眼睛一往女孩子身上瞟就想起我的指甲来，鸡巴就软得尿都撒不成溜儿，哈哈哈哈。赵历历笑得浑身发抖。

突然她的电话响起来，她接了电话说，我老公回来了，我走了。

王小丫暗暗地松了口气，讨厌的苍蝇终于要飞走了。那我就不留你了，改天再请你吧，小别胜新婚，赶紧回家搂着你那公狗腰发昏去吧。

赵历历走了，她的话却留下了，如同毛毛虫抖落了的毛，顺着她的毛孔钻进她的体内。她知道赵历历说的每一句都是对的，都是有道理的，她的幸福其实是脆弱的，她和她的王安南毕竟不是生活在天鹅湖里，而是生活在专注于食色性的人堆里，就是天鹅湖里也说不准湖水下面没有鳄鱼啊。王小丫啊王小丫，你可是要睁大了眼睛，守好你的阵地。

32

王菊花看着被爱情折磨得日渐消瘦的王桂花说，你还在为那个人伤心啊？至于么，不就一面之交么，你八成是走火入魔了吧？

王桂花说，我自己也说不清楚，眼前老是他的影子，他说话的样子，他的眼睛，就觉得他是自己命里的那个人，今生是，来生还是。

你别吓唬我呀，不至于吧，非要一棵树上吊死呀？

原来我也不理解那些为某个明星自杀的人，我想就像我现在吧。

什么？你都想到自杀了？！桂花，我说桂花，这样行不行，咱们跟小丫姐说，让她去跟那人说，他不是在意她么，说不定会听她的话呢。

对，她要是不说，就说明她心里还打着小算盘，还想着吃着碗里的看着锅里的，我也不是好惹的。王桂花暗淡无光的眼睛在黑眼圈的包围中活泛起来，像穿了裹尸衣又还阳的人一样。

王菊花说，你打起精神来，我到办公室给她说去。

王小丫的眼睛和嘴巴同时变大，像受了惊吓的人长时间地发一个啊字，以至于王菊花不得不中断对王桂花爱情的描述，问道，小丫姐，你没事吧？

王小丫长长地叹口气，她的眼皮和嘴唇才恢复到原位。她摆摆手说，没事，你继续说，后来怎样了？

后来就现在这个样子，无精打采，晚上睡不着觉，刚才还说到了自杀呢，小丫姐，你看怎么办呢，要真出点啥事可不得了，要不你出面做个媒吧，是你的朋友，说不定能行呢，人家不是没看上桂花，那人说了就因为她是你的妹妹才不肯谈的。

这是他说的？他怎么说的？

他说，你们回去告诉王小丫一声，就说我说的，我永远都不会对不住她的。王菊花边说边盯着王小丫的脸，希望从她的鼻子眼的活动上看出点究竟来。

王小丫抿着嘴笑了一下说，真是这么说的，还真够朋友，你出去吧，叫桂花半个小时以后进来吧。

王桂花支棱着耳朵听着王小丫门口的动静，看见菊花出来，小声问，怎么样？

王菊花说，没说，让你半个小时以后进去。我把那人说的那句话也说了，先点了点她。

她什么表示？

笑。

怎么笑？什么意思？

我也不知道，反正就是笑，就像是，就像是，哎呀，真说不出来。王菊花清楚地察觉出王小丫的笑容是很欣慰的那种，很自豪的那种。是知道老情人对自己念念不忘的那种。但她怕火上浇油，想了想才把到嘴边的话咽了回去。

王桂花问，干吗要等半个小时？她要给那人打电话？

王菊花看看王小丫办公室的门，说，听着点。她俩支棱起耳朵。

王小丫的办公室里静悄悄的。她需要时间好好想想这个问题。一直以来，从她结婚以来，她隐约觉得该是时候让王菊花和王桂花离开了。虽然她俩端的是她给的饭碗，一时不会说出她买假文凭的事来，但留在跟前毕竟有说漏了嘴的可能！为了这个事情，王小丫已经有意识地不让她俩到家里去，她不邀请赵历历也有这个原因。可是，现在王桂花同那个人联系上了，还爱上那个人了，万一真是死缠烂打地弄到一起去了，把个假文凭贩子领到店里来，领到王安南跟前来，不就领来个定时炸弹么？！

半个小时过去了，她已打定主意尽快想办法赶王菊花和王桂花离开。

王桂花低着头站在王小丫的跟前，像个做错事的孩子，细声细气地叫了声小丫姐，眼里已经冒出了泪水，滴在自己的手指头上。王小丫看着王桂花带泪的手指头，不禁想起赵历历的小拇指来，她厉声说，哭什么哭？你从什么时候变得这么多愁善感了？我一直拿你当自己的亲妹妹，不是说要向我学习么？打拼出一番自己的天地么？看来我真该给你个机会，磨炼磨炼你，你也好知道这是个什么样的社会，社会上都是些什么样的人，我劝你还是把你的爱情留着等遇到个好人时再用。哦，我并不是说那人有多坏，只是他不适合你，他配不上你，等我遇到合适的，会帮你介绍的，或者你也可以到王红云那里让她帮你物色。

王桂花抬起头来看着王小丫。小丫姐，你就那么狠心，不肯帮忙么？

不是我不肯帮，是你们不合适，人家不是回绝你了么？你叫我怎么说？强拽着人家跟你好？那是不可能的。

王桂花仇恨地盯了王小丫一眼，转身跑出去。

33

考试前的最后一个周二晚上。

王安南在系办公室的公用信箱里发现了一封写给他的信。确切地说是一张照片。一个女孩子抱着他的腰，额头贴在他的腰带上的照片。照片的后面写着：

尊敬的王老师，很抱歉，我不小心遇见了这个场面，并把它记录了下来，我们相互帮助好么，请老师把考试题放在教学楼的公用信箱里，信封上注明张三收。我对天发誓，只要老师守信，这个场面就不会有第三个人知道。尊敬您的学生张三。

照片在进入王安南视线的瞬间成为他人生的炸弹。一个能够发生连环爆炸的炸弹。嗡的一声，王安南的大脑变成了一锅粥，眼珠子滚烫，耳朵轰鸣，双手颤抖，一种气体在他的胸腔里拼命地冲撞，他的心肺、他的肋骨都感觉到了一种被挤压的疼痛。

无耻！

无耻！

无耻！

怎么会有这样的学生？

这是敲诈!

敲诈!

要报告校长!

要报告系主任!

报告校派出所!

不行!

不行!

不行!

说得清楚吗?

说得清楚吗?

说得清楚吗?

他们会相信你么?

给他们试题,让他们得逞?那不等于承认自己干了这事了么?

这是一个阴谋!

对,是一个阴谋!

找那个女学生!

找那个女学生!

不,不能打电话,一定要冷静地思考,冷静,再冷静!他把照片塞进衣兜,走出办公楼,穿过花园来到湖边。考试季节的湖边静悄悄的。王安南找了张排椅坐下。

夜深的时候,王安南做了最终的决定:坚决不妥协,不交出试题,让那些混文凭的继续恨他好了!

做出这个决定的时候,很多的声音回响在他的耳朵里:

身正不怕影子斜。

干屎抹不到人身上。

脚正不怕鞋歪。

群众的眼光是明亮的。

走自己的路让别人说去吧。

离开排椅的时候，他伸了伸腰，做了两个扩胸的动作，心里面感觉既自豪又悲壮，他想到了孔子的话：师者，传道、授业、解惑。

王小丫在离王安南不远的地方盯着王安南的背影，看他站起身来，她赶忙往家里跑去。跑得她气喘吁吁，大汗淋漓。好在家里的空调一直开着，几分钟的时间就觉得浑身凉爽了。顾不得洗澡，就关了灯，倒在床上假寐，等待着看王安南回来的表现。

王安南回来后先到书房藏好照片，冲了澡，才蹑手蹑脚走进卧室。王小丫装着半梦半醒的样子嘟囔着，几点了，怎么忙到这么晚？快休息吧。说完转过身，假装睡，等着王安南的呼噜声起来。赵历历抖落的那些毛毛虫，又开始在王小丫的大脑里爬来爬去。王小丫看着身边的丈夫，回想着结婚以来的点点滴滴，寻找着丝丝毫毫的可疑之处。除了两个人之间做爱的次数少了一些，别的好像并没有什么让人紧张的。正要睡去的时候，又想起赵历历的另一句话来："你俩办事的时候他眼睛里放光么？眼睛是骗不了人的！眼睛是心灵的窗户！"王小丫从第一次开始想起，怎么也想不起王安南的眼睛是不是放光的，是不是激情的。这怎么可能呢？和一个男人做了将近一年的爱却不记得男人的眼睛？思来想去，王小丫得出了一个结论两种可能：结论是王安南的眼睛不放光，要是放光了自己哪能看不见呢？两种可能是：可能王安南的眼睛就不会放光，和任何一个女人都不会放光；再就是赵历历说的那样，王安南心里面有别人，他的光放在另一个女人的身上。

王小丫等了大约半个小时仍听不见王安南打呼噜，自己的困意倒先上来了，想睡去又怕错过了检查王安南口袋的好机会，想起来又怕王安南发现。左右为难，思考再三，最后还是装作上厕所把王安南的衣服拿到客厅检查了一番。

王安南静静地躺着，难以入睡。他眯眼看着妻子小偷一样的背影，突然觉得舌头胀胀的，木木的，还伴有一股说不出的怪味，像一块经年的抹布。

王小丫虽然没有收获，但她的心里还是忐忑不安，她不知道王安南为什么会在湖边坐上半宿，为什么睡起觉来没有呼噜。她想马上同他做爱，看看他的眼睛他心灵的窗户里到底藏没藏秘密。

挨到第二天清晨，王安南的眼睛刚睁开，王小丫就要求做爱。做爱的时候，王小丫大睁着眼看王安南的眼是不是放光。她发现王安南的眼睛大多数时间里是闭着的，偶尔睁开的时候，眼珠像她家山沟里整日被风吹着的石子，黄黄的，干干的。但它们是实在的，老实的，不遮掩的。王小丫差点笑出声来，笑自己神经过敏，笑自己半夜三更地检查王安南的口袋。王安南心情不好，爱也就做得潦草。可是王小丫并不在意，她原本就不是为了做爱才嫁给他的，做爱又不是吃饭，非吃不可。只要他是忠诚的，她的幸福是安全的，她就不会自寻烦恼。她暗下决心，再也不检查王安南的口袋了。

34

　　王安南走进教学楼的时候看了一眼张三指定的信箱。他知道那个化名张三的学生肯定不止一次地在里面翻找过，也不止一次地失望过。几天来，他多次分析照片的事情，他认为关键是那个女孩子，如果女孩子参与了这个事情，她不会允许张三把照片公开，如果没参与她会站出来澄清的。他踏进教室的时候脸上挂着笑容，是笑给张三看的。他把试卷放在讲桌上，他笑着看了看他的学生们。他说，在考试前我有几句话要说，这几句话本应该私下里说给某个化名张三的同学听，但我不知道这个同学是谁，我只有耽误大家的时间，在这里说了。前几天，我收到了一封敲诈信，要求我在考试前把考题放到信箱里。如果，我做了有损师表的事情，我可能会被吓住，但是，我让这个同学失望了，我希望这个同学及时端正学习态度，从现在做起，不要再搞歪门邪道，老师也就不再跟你计较，只是想请你记住，做人做事一定要正！站得正，行得正，做得正！不跟你计较并不是说我怕你，自古以来都是邪不压正！如果你不知悔改，我愿奉陪到底，不管是到校长那里，还是到派出所。顺便说一句，有很多同学给我起外号叫不及格大王，这个封号我不打算摘掉，在你们这一级不摘，在以后也不打算摘，虽然我希望你们每个人都及格，但这必须在真实的基础上，你们每个人都掌握了该掌握的知识的前提下！我想考试纪律大家都清楚，我就不再重申了。

王安南在课堂上的时候，他永远都不会想到另一张照片已经出现在他家的报箱里。早晨刚刚平息了内心风暴的王小丫从报箱里拿到了她婚姻里的第二颗炸弹。王小丫觉得自己真的炸了，整个人都是碎的——心碎了，筋骨也断了，胳膊腿都瘫痪了。这种瘫痪状态持续了整整一刻钟的工夫。待到人能够站立了，她的第一个念头是跑到教室里去问个究竟，去把那个狐狸精揪出来。那一看就是个小狐狸，正是赵历历说的那种嫩得能掐出水的学生。转念想到那会把她自己的脸面丢尽了，会让很多人知道她王小丫过得不幸福。她跑进厨房拿起菜刀把一个孩子大的冬瓜剁得粉碎，心情才有了些平静。想到很多报纸上登的故事，有人拿了合成的照片陷害别人，心里又缓解了些。回到客厅，看见钢琴和扬琴，想到自己对王安南的种种好，乔红对她的种种冷落，眼里顿时波涛汹涌，胸腔里也有澎湃的涛声往喉咙里冲撞，又怕邻居听见，拿了沙发靠垫捂在脸上，直到哭得沙发靠垫能拧出水来了，整个人感觉被掏空了，嗓子也累得哑了才住下声来。给店里打了个电话，嘱咐王菊花和王桂花几句，便歪在沙发上等待王安南回来。脑子里转着无数个开场白，反反复复地掂量着，不知道哪一个效果最好。

钢琴上是一张举行婚礼时的照片，照片上王安南亲密地挎着王小丫的胳膊，王小丫抱着九十九朵玫瑰花，她的身后是乔红的右半张脸和一只眼睛，那只眼睛像个冰坨子一样散射着冷飕飕的光。王小丫看着那只眼睛，突然有了使她变热的办法，有了回击乔红的武器。

她拨通了乔红家的电话，另一端传来王江山带点讨好味道的声音，是小丫吧，我和你妈妈都很惦记你和安南，有空回家来，也不能光顾忙事业，你妈妈在卫生间里，你打电话有什么事吧？王小丫虽然知道王江山话里的关心有着虚假的成分，还是有点感动，尤其是王江山的语调让王小丫觉得心里暖暖的，鼻腔里冒出了很多的鼻涕，她抽搭着鼻涕说，爸爸，你和妈妈过来一趟吧，安南出事了，出大事了，过来看看怎么办吧？

乔红在厕所里听见王江山拿她买好，心里很是不快，出来后对王江山说，你一辈子都没个立场，什么叫我和你妈都很惦记，要买好自己买，别拽上我，这样不懂事的人我跟她没话说，做错了事情，连个歉都不道。

王江山说那些都是过去的事了，别老挂在心上，安南出事了，让过去看看呢。

出什么事？乔红有些紧张。

没说，就说让赶紧过去，说是大事。人都哭得说不出话来了。

乔红的心像是被锥子戳了一样疼起来。拿拳头捶捶胸口说，三十多岁了还这么叫人操心，我怎么生了这么个儿子哪。

35

　　王桂花接到王小丫的电话，听见王小丫的嗓子哑了，腔调哭咧咧的，虽然嘴上说——小丫姐你就放心吧，你不舒服是吧？店里有我和菊花姐呢，你就放心养病吧……心里面却是快乐得很，放下电话，她把脸埋在手掌中笑了个够。暗暗地说，你也有今天，你也有不痛快的时候！

　　王菊花凑近来问怎么回事，桂花说她也有哭的时候！说着把手里的圆珠笔啪的一声扔在桌子上。

　　到底怎么回事？

　　没说，哭了，嗓子都哑了，还装头疼呢，肯定是和姐夫吵架了。她今天不来了，咱俩再给那人打个电话吧，说不定他改变主意了呢？如果这次他还是说不行，那我以后就永远不再提起他了。

　　王菊花点点头，然后对另一个售货员说，小李，今天经理不来了，你不是想回趟家吗，赶紧回吧，别耽误明天的班，这里有我和桂花盯着。那个叫小李的女孩子突然捡了一天假期，欢天喜地地走了，整个店里只剩下王桂花和王菊花姐妹俩。

　　"朋友"那天在大雨里拒绝了王桂花的爱情，回到低矮肮脏的小屋子里一个人孤零零地盯着天花板的时候就后悔了。他悔得直用拳头捶打自己的脑袋。他恨自己一时意气错过了唯一的艳遇。他对自己说，傻不傻？！你傻不傻？！多好的机会，多好的机会，送上门来的，一看就是个雏儿！嫩的，还没开苞的呀！要是上了她，肯定比那些鸡强，还不用花钱！王小丫是尊重你，可她也不是她亲妹妹呀，再说，是女孩子上赶着，王小丫也管不着别人谈恋爱呀！傻啊——在轰鸣的雷声中，他发出狼一样的号叫。

他没想到幸运会再次光顾他！王小丫的妹妹又来电话了。

王菊花说，哎，我们是王小丫的妹妹，上次在电话亭见过的，我们想再问问你，上次说的那个事情有没有回旋的余地，能不能再见次面啊。

"朋友"按捺不住内心的欢喜，仿佛王桂花那红红的湿润润的肉嘟嘟的嘴唇已经被含在嘴里，他咽口唾沫故作深沉地说，我和你们小丫姐是朋友，我觉得这样不太好，再说我最近比较忙。

王菊花说，用不了你多长时间的，桂花只是想再和你见一面，不成，大家也可以是朋友么，再说你和我们经理是朋友，和我们自然就是的。王菊花故意把小丫姐改成经理。

"朋友"说，那是，那是，大家都是朋友。这样吧，我今天中午请你们吃饭，最好先不要告诉你们经理，我怕她误会。

那是当然，她今天不上班，你就来店里找我们吧。

"朋友"以最快的速度整理了屋子，主要把那些证件归拢到箱子里。换了干净的床单，准备着随时把王桂花带回来享受，然后刮了脸换上最好的衣服赶到王小丫的店里。被天上掉下的馅饼砸中的快乐使得他满面春风，阳光灿烂。王菊花和王桂花早就等在门口，看见"朋友"脸上欢喜的光彩，王菊花知道事情来了个一百八十度的大转弯，悄悄地对桂花说，有戏，你别说，你的眼光还真行，上次还觉得很一般的一个人，这次看真是挺帅的，有点像郭富城呀。

桂花说，去，你看谁都像郭富城，全靠你了，我不好意思说的。

菊花说，你的事就是我的事，我毕竟是你姐，你就放心吧。

王菊花趁王桂花去王小丫的办公室翻找好茶叶的时候对"朋友"说，多好的女孩子，痴心得很，对你真是一见钟情，从见了你之后，整个人就是为你活着了，从打通你的电话，那眼就长在马路上了，你要是看不上她，也把话说得两可着，别一下让她掉进冰窟窿，我们都知道你们城里人眼光高的。

"朋友"说，哪里，哪里，桂花小姐人长得漂亮，能看上我已经是我的福气，虽然说是城里人，我的条件也不算好，下岗了，好在自己会点手艺，吃饭虽不成问题，但没有大出息的，上次主要考虑到你们是王小丫的妹妹，她又是我的朋友，我怕她误会。

王菊花说，经理已经结婚了，她总不能吃着碗里的还要看着锅里的，有什么误会的？

"朋友"说，菊花小姐你误会了，我和王小丫没什么，只是朋友。

王菊花赶紧说，没什么更好，这么说你答应了？

"朋友"说，感情这东西很复杂，如果桂花小姐同意，我们处处看吧。

王桂花站在王小丫的办公室里已经听了个清楚，心里面顿时有无数的鸽子振翅飞翔，闪动着白色的翅膀飞向碧蓝的天空！整个人飘飘欲仙，手里拿着茶叶罐，已有了仙女拿着花篮的架势，手和心一个频率地颤抖着，嘴角处也有了爱情的俏皮和娇嗔，走过来，低下头，边往茶壶里放茶叶边说，谁嫌弃你了，这年头有手艺是最好的。

"朋友"的一双眼睛已死死地盯着她，旁若无人，笑着说，真不嫌弃？别以后后悔了哭鼻子。

王菊花一看自己再待下去就多余了，赶紧说，现在店里不忙，我去买点东西，你俩好好聊吧。

王菊花的脚后跟刚出店门口，"朋友"就急不可待地抓住王桂花的手说，让你受委屈了。电流顺着王桂花的手指窜进她的全身，除了泪珠子是活泛的，其余的全都变得僵硬了。泪，如同断线的珠子。

"朋友"说，不许哭的，我不是来了么。

桂花颤抖着点点头，泪却更凶了。

"朋友" 给她擦去脸上的泪说，不是说不哭的么，哭得眼睛该肿了，存心让我心疼是不？

王桂花哪听过这样的甜言蜜语，幸福和快乐立即攀升到极点。倒身趴在 "朋友"的肩上，泪如泉涌。"朋友"顺势把她抱进怀里。紧紧地。紧紧地。两张嘴巴焊接在一起。如同闪电的爱情，没有序曲，没有前奏，上来就是快板，就是高潮。

36

　　乔红和王江山急火火地赶到儿子家，看见王小丫的两只眼睛肿得跟烂桃一样。王小丫知道自己在乔红面前一定要注意姿态的。她彬彬有礼地把他们让到沙发上坐下，倒下茶水，沙哑着嗓子说，大热天的让你们老人跑来，真是不好意思。话没说完，泪已经上来了。王江山问，到底出什么事了？安南在哪儿？

　　王小丫说，在学校，正给学生考试呢。

　　乔红揪着的心松散开来，长长地舒了口气说，还以为他出车祸了呢，吓得我心一直揪着，什么事这么大惊小怪的？

　　王小丫盯着乔红的眼睛冷冷地不紧不慢地说，也许妈妈不认为是大事，你看看这个吧。说完把照片递过去。

　　照片上，他的儿子站着，一个女孩趴在他的私密处。她儿子低着头，很专注，又好像很痛苦。乔红和王江山的脸色都成了绛紫色。乔红的心里有一个声音，到底还是出事了！到底出事了！从她儿子结婚那天起，她就知道会有这么一天。心里又气又恼，一时语塞。

　　王江山已被气得呼吸急促，他对小丫说，小丫，你是好孩子，你不要和他一般见识，等他回来你看我怎么收拾他，简直不知道廉耻了，还为人师表呢！

王小丫说，找他就为的他是个大学老师，出身书香门第，教养好，识大体，顾大局，知识丰富，明白事理，没想到他竟能干出这种不要脸的事来，还被人家拍下照片，他对得起我么？我对他有多好他是知道的呀，什么活儿也不让他干，他说自小喜欢弹琴，小时候的琴被送人之后，做梦都想弹琴，人家拿琴槌敲他脑袋，他都觉得亲切，我就想钱再紧张，也不能让他有缺憾，光这两架琴就好几万，说着说着，人又委屈得哭作一团。

王江山赶紧劝说，人都是身在福中不知福啊，别哭了，等他回来问个究竟，要是真的，我和你妈都不会轻饶了他的。眼睛不由自主地打量起王安南的琴来。

王小丫止住浑身的抖动，拿毛巾捂了鼻子眼睛说，我也不是那得理不饶人的人，我受点委屈是小事，安南毕竟是老师，这种事要是传到学生和领导的耳朵里，他以后还怎么做人？

王江山对乔红说，看人家小丫多懂事，识大体顾大局。转脸对小丫说，你这么想就对了，夫妻间肯定会出现问题，出现问题并不可怕，可怕的是不去解决问题。

乔红听着听着，慢慢地听出了点味道——你王小丫是转着弯地骂我啊。她放下手里的照片对着王小丫脸上的蓝毛巾说，我说句话吧，这件事情是安南的不对，不管这张照片是在什么情况下被拍下来的，和妻子以外的女人出现这个姿势肯定是不对的。事情还没有问清楚，你也不要搞得自己跟窦娥似的。我给你纠正一点，这跟家教没有关系，跟教养没关系，他三十六七的人了，不是几岁孩子，受父母的教唆，他有他自己的思想。再说了，他从和你结了婚到现在还没回过家呢！

即使他真做了对不住你的事情，我认为你也是有责任的，苍蝇还不叮无缝的蛋呢，配偶在感情上出了问题，应该首先检讨自己。

王小丫听见乔红把她吐出去的针针刺刺都给甩了回来，不觉恨得牙痒痒，心里骂着，醉死都不认那壶酒钱的主儿，一会儿等你儿子回来，我看你怎么说，你不是教育了三十多年么？你不是瞧不起我么？我水平凹，也没凹到偷人拐汉。我有责任？我的责任就是对你儿子太好了！她把毛巾拿开，眼睛瞅着乔红的脚尖说，大道理我是不懂的，从小我就知道人要脸树要皮，不要脸的事坚决不能干，我娘就是这么教育我的，哪像他？！他回不回家，我从没拦着，我不是那不懂道理的人。

门锁在转动。三个人都目不转睛地看着满脸诧异的王安南。王安南看见父母尤其是母亲放弃了让王小丫先道歉再登门的原则，坐在他的家里，看着王小丫哭得变了形的脸，顿时明白了。他说，都别这么看着我，我知道你们是为什么，你们是我的父母妻子，是我最亲近的人，你们应该相信我。

你怎么解释？啊，这个你怎么解释？解释清楚了才能相信你。王江山把照片摔到儿子的脸上。照片在王安南的眼皮前翻了个跟头，摇摇摆摆地落到王小丫的脚下。王小丫弯腰捡起来，眼泪滴在女孩子的后脑勺上，她泪眼蒙眬地把照片在裙子上蹭干净，把她丈夫不忠的铁证紧握在手里。

王安南如此这般地把事情的前后做了详尽的交代，并到书房找出了另一张照片。让他们看照片后面的威胁。王安南说，我是一个有很多缺点的人，但我的人格还是过硬的，父母从小就教育我为人要正，走得正，站得正，做得正，我没忘，今天我还这么教育我的学生来着。我最讨厌的就是弄虚作假，没想到这学生还有胆量要挟我作假！我猜测就是那几个纯粹在混文凭的学生干的，害群之马！现在很多老师都在助纣为虐，禁不住他们请客送礼，就帮他们过了关，遇到那些投怀送抱的女学生也敢照单全收，一些女学生就是凭这个考上研究生的！我不吃这一套，他们拿我没辙，就出此下策了。

一时间，三个人全都愣住了。尤其是王小丫做梦也没想到会是这样的情况。没有了泪水和汗水浇灌的脸紧绷绷的，她浑身打了个冷战，拿过遥控器调了调温度，狐疑地问，这不是最著名的大学么？大学生竟然敢这么搞？

王江山说，学校也是社会的一部分呀。

最高兴的是乔红，她禁不住为儿子鼓了一下巴掌，掌声单调而清脆，如同一只水晶杯碎在石头上。她说，好样的，儿子，总算没有辜负爸妈对你的教育，妈妈支持你，这事要是闹大了，学校要是能公正处理还好，要是不公正，妈妈拼上老命也要和你一起战斗到底，不行咱们就上告到教育部，妈妈的一个老同学在那里呢，我就不相信国家会任由歪风邪气盛行下去。

37

　　接下来的日子，王安南和王小丫都在等待事情的进展。王安南每天都到办公室去，随时等待校长的传唤，甚至还找到了几个学习优秀的学生叮嘱他们不要忘记了考试那天他说过的那番话，以备事情闹大了的时候当证词用。王小丫一天开好几次报箱，每次都会踮起脚尖仔细地查看有没有匿名信之类的东西。公司那边只是偶尔过去看看，一切的应酬都推辞掉了，她知道捍卫自己的家庭不受侵害是目前最重要的任务。虽然，王安南的解释合情合理，但王小丫的心却从此成为毛毛虫的窝，它们睡着的时候少，醒着的时候多。她坚持认为王安南应该主动把事情告到校长那里去，既然自己是清白的，应该让学校把那个不知廉耻的女学生和她背后的人揪出来。有一个场面很多次出现在她的脑海里——那个不要脸的女学生狼狈地站在很多人面前，站在她和王安南的面前，她狠狠地在女学生鲜嫩的脸上扇了一巴掌，女学生的腮帮上带着她红色的手指印背着行李落荒而逃。她知道这个场面可能永远不会出现，但想看见那个女学生的念头很强烈，想看看她的庐山真面目。王安南则不肯告诉她那女学生的名字，并一直坚持说只要学生不再折腾，这件事情就算过去了。这使得王小丫半信半疑。半信半疑的王小丫决定利用一切可能的机会侦察她丈夫的行为。

她白天晚上都游荡在校园里，寻找着那个她终生都不会忘记的后脑勺和那小半个鲜嫩的脸庞——只看见耳朵看不见眼睛。有很多个后脑勺和那个后脑勺相似，王小丫尾随着她们，心跳得和鼓一样。一次又一次，和她们搭讪的话到嘴边又咽回去，她怕自己真的把那个后脑勺找出来，自己的手指头会撕烂那张脸。那样的结果会伤害她的幸福，会令很多人知道她的幸福出现了危机——而且是最令人们兴奋、咀嚼起来最有味道的那种。还有，会伤害她丈夫的名声，会给乔红一个绝好的机会骂她是乡村泼妇。

一天上午，在 36 号女生宿舍楼前，王小丫看见了一封警告信，是一位老板的妻子写给 201 房间一个女生的。那个哀怨的妻子恳求那位女生离开她的丈夫，还给她和年幼的孩子一份完整的爱，恳求女孩子自重，不要再纠缠她的丈夫，最后威胁说，如果再不收手，她会让女孩子身败名裂。身败名裂后面是三个感叹号，代表着屈辱的人的决心和愤怒。王小丫一口气连读了五遍，心里很是有同感，眼睛不觉就有了泪，她对另几个看信的女学生说，这种不知廉耻的破坏别人家庭的人就该让她身败名裂！男人怎么会喜欢这样的女孩呢？

一个女学生说，哼，一面之词，说不定是她丈夫勾引的别人呢，再说了，怎么就能说人家是看中了她家的钱而不是爱情？有本事管住她丈夫的心呢，跑到这里来喊冤也不嫌恶心。

王小丫厉声说，你说什么？她恶心？你们这些女学生才恶心呢，不懂得自尊自重，也不知道你们老师怎么教的，你们父母怎么教育的！

女学生把杏眼一瞪说，你这人怎么说话的，怎么骂人呢？你再说一遍，谁恶心了？你说谁恶心了？看我不废了你！说着就挥舞着手指朝王小丫的脸上扑来。几个女学生和传达室的阿姨赶紧过来劝架。女学生被拉走了。王小丫听见拉架的人劝女学生说，别和她一般见识，一看就是个家庭妇女，说不定就是写信的女人，一肚子仇恨没处撒，你干吗捅那马蜂窝呀？几个女学生发出哧哧的笑声。传达室的阿姨盯着王小丫茄子皮颜色的脸好奇地问，是你写的信？王小丫苦笑着摇摇头说，不是，我就是看不惯，说两句，现在这女学生怎么都这个样子？阿姨说，没用的，贴好几回了，那男的照旧来，每次都带着玫瑰花来，让我喊人下来，那女孩子下来就抱一起，有时候还在这门口就啃上了，我看着都生气，不是我的闺女，咱说不着的。

王小丫窝着一肚子火气回到家里做饭，进到厨房，看什么都不顺眼。（以往，她炒菜做饭的时候总是哼着歌，做好了，眼盯着丈夫的嘴巴，夹菜盛饭，听见一两句赞美的话，心里就乐得开花。）她把油烟机的两个排气扇都开到最大，把铲子使劲地在锅里搅动，在锅沿上摔打，把锅盖猛地往灶台上扔，厨房里响得跟建筑工地一样，肚子里的火气却出不来。两个菜都炒煳了，也没心思再做别的，就那么守着两个煳菜等着王安南回来。王安南回到家里看见王小丫坐在桌边黑着脸，头也不抬地盯着两个炒煳的菜，猜不透王小丫又受了什么刺激，就开玩笑问，怎么你的脸也炒煳了？是谁干的？王小丫本来是等着王安南回来安慰宽解自己的，看他一副幸灾乐祸、冷嘲热讽、添油加醋的嘴脸，肚子里的气体突地膨胀，身体就像突然开口了的气球一样往前冲，愤怒和着唾沫星子喷到王安南的脸上，连飞行的弧度都没有——谁？谁？谁？你！你！你！你们这高贵的象牙塔！男盗女娼！猪窝！狗窝！

王小丫这是你说的话么？王小丫这是你么？你今天中哪门子邪了？你怎么骂起人来了？我怎么了？！学校怎么了？你至于骂得这么难听吗？你照照镜子看看，你还有点知识女性的风度么？

啊呸！别跟我提知识女性！我王小丫不是，也不稀罕！你妈倒是，看看你妈的风度吧，动不动就上纲上线，张贴大字报，整个一"文化大革命"的变态狂，看不起这个，瞧不上那个，自以为是的怪物！再看看你那些高贵的女学生吧！狐狸精！小娼妇！小婊子！野鸡！

王安南惊讶地看着王小丫高速开合的嘴巴，这是那张嘴角含着迷人的微笑，把每一个汉字都吐得跟棉花糖一样的嘴巴吗？！是那张从认识以来一直就在说着柔情蜜意的嘴巴吗？！王安南伸出巴掌捂过去，像去拧紧魔瓶的盖子一样急迫。两个人同时倒在地上，王小丫看见王安南石头一样的眼珠子上放射出凶狠的光，手捂着她的嘴巴鼻子，气喘吁吁地坐在她身上，一副行凶的模样。恐惧使得她拼尽所有的力气把王安南甩出去，嘴里惊恐地喊道，杀人了，救命呀，杀人了！

王小丫踉踉跄跄地跑到客厅，面对餐厅站着，准备迎接王安南的新一轮攻击，耳朵里回响着关于婚后头三场战争的训导。见王安南并没有追来，餐厅里悄无声息，又走过去观察，王安南仰天躺着，额头上流着血，眼睛里流着泪。王小丫赶紧拿了毛巾捂到他的伤口上，嘴里虽不肯说对不起的话，眼睛里的泪却唰唰地滴在王安南的脸上。王安南推开她，用毛巾擦了下脸说，王小丫你用不着这样，我王安南是为自己哭的，为我自己哭的！跟你没关系！说完，站起身走了出去。门口，听见呼救的邻居正在观察动静，拿捏不准是不是破门进去救人，见王安南脸上流着血出来，躲避不及，讪讪地说，王老师你家没事吧？王安南说，没事，摔倒了，摔桌子角上了。

王安南到校医院处理了伤口，大夫在他的额头上缝了四针，包上了厚厚的白纱布。他在镜子里看着自己的新形象，一时不知道自己该去哪里，家是不愿意回的，去办公室肯定会招人询问，回父母家一准会使本就恶劣的婆媳关系更加糟糕。王安南最后决定到酒吧里去，好好地想一想自己的婚姻。

38

　　王小丫看着洒落一地的菜，碎裂的碗碟，王安南鲜红的血迹，恍如梦中。她不知道自己为什么会发那么大的脾气，会说那么难听的话，她揪着自己的头发放声大哭，一遍遍责问自己——怎么会搞成这个样子？怎么会搞成这个样子？她一直小心呵护的幸福怎么会落得跟地上的碟子一样的下场？看见他和女人搂抱在一起的照片时她都告诉自己要冷静，今天这是怎么了？怎么了？王小丫收拾干净厨房，重新做了菜放到桌子上，希望王安南包了伤口回来的时候看到自己的努力。

　　王安南没有回来，晚饭的时候也没有回来。王小丫去校医院问过了大夫知道他没什么大事，只是缝了几针，可能会落下伤疤。王小丫鼓足勇气往乔红家里打了电话，王江山仔细地问了照片的事情有没有新的动静出现，听到说没有，一个劲地说，好好好，好好好。王小丫心里说，还好呢，都害得我快疯了。知道王安南没有回家，王小丫原本在后悔莫及的情绪里睡去的毛毛虫又开始爬行——他会去哪里？找老情人诉苦？还是找那个小狐狸精了？他就这么走了么？难道他没有错么？要不是他闹出这些事情来，我会这样么？

她在校园的角角落落寻找着，看见花园里湖边紧紧抱在一起的男女总要左左右右地看上几眼，惹得很多人都回头来好奇地看她。找遍了整个校园，已是深夜，王小丫决定到校门口去等。她走过毛主席的雕像，来到校门口的塔松下，想起两个人第一次见面就狂热亲吻的情景，想起自己在校门口拿着玫瑰花和羽绒服等待王安南的事情，再一次泪眼婆娑。门口有车停住，王小丫看见一个女孩子从高级轿车里下来，车窗玻璃落下来，一个秃顶的脑袋伸出来，女孩子走过去弯下腰，旁若无人地亲了下嘴巴，嗲嗲地说——你答应我的可不许忘了哦。秃头说，心肝儿的事情怎么会忘呢，快走吧，要不宿舍楼又关门了。王小丫的胃里一阵翻腾，她突然明白了自己的愤怒和失态——对这所学校的失望才是最根本最绝望的。王小丫想起自己第一次站在这个门口看着门楣上的镏金大字时，内心里被它的神圣和神秘激动着，向往着，自卑着，羡慕着。可是这一切却碎了，神圣的天鹅湖变成了池塘，骄傲美丽的天鹅变成了鹅鸭。没有了天鹅湖，这个世界没有了天鹅湖！她向往的、热爱的、费尽心思进入的竟然是一个和她原本的生活一个样子的池塘！即使她的丈夫是一只真正的天鹅，可是谁能保证他在池塘里不会蜕变成一只脏兮兮的鹅？！王小丫打了个寒战，她从塔松底下走出来，站在那个曾经让她觉得高贵无比的门槛上，等待她的丈夫。她又想起自己小的时候每当除夕那天她父亲贴完对联后，她就喜欢这样站在门槛上，觉得自己在对联的映衬下分外的漂亮。她的嘴角浮现出一个苦苦的微笑。

醉醺醺的王安南用浪里行船的姿势走来，王小丫一个箭步冲上去，抱住他呜呜大哭。她哭着说，你终于回来了，我以为你永远不回来了。王安南的胃早已是涨潮的海，经王小丫兜底一勒，海啸就发生了——喝了一下午加半晚上的酒全吐在王小丫的后背上，从她的脖子开始，飞流直下。吐了酒的王安南觉得嘴巴里和肚子里有了空隙，能够让话从它以往的道路上走出来了，他说，王小丫我真的没和女学生搞不正当的关系，你折磨我是个非常错误的行为，你骂我妈妈是变态也是个非常非常错误的行为。王小丫觉得趴在肩膀上的王安南不太像是她的丈夫，更像一只盛满啤酒的塑料袋子突然松开了口。她不敢挺直后背，生怕那些热乎乎的液体漫过她的屁股流到脚后跟上，她撅着屁股等待它们直接流到地上。她说，对不起，我不是对你生气，是因为这个学校。王安南闭着眼睛问，你生学校的气？三个啤酒泡泡从嘴角里出来沾在王小丫的头发上。是的，王小丫说，真是生学校的气，跟你没关系，你不要再生我的气了。王安南打了个酒嗝笑了，我知道你生校长的气，他不行，他不是个合格的老师，是个政客，还有书记，也是政客。王小丫顾不得自己的后背了，赶紧用手捂王安南的嘴，眼睛往四周看了看说，看你乱说，让人家听见咋办？王安南扯开王小丫的手说，我没乱说，他们就是政客，他们还收你的礼，一万二，对不对？王小丫再次捂住他的嘴呵斥道，行了，别胡说了，你真是醉了，赶紧回家吧。他推开王小丫说，luna，luna，luna……

39

　　并没有什么风浪，学校放假了，原本喧闹的校园一下子安静下来。王小丫觉得自己就像是做了一场噩梦，暗暗庆幸没有再发生什么。王安南又重新回到在电脑和钢琴、扬琴上敲敲打打的日子。王小丫重新打起精神打理她的店。她惊讶地发现，短短不足半个月的时间，王桂花发生了翻天覆地的变化。衣着变了，发型变了，容貌也变了。她不得不承认王桂花变得漂亮了，妖媚了。王小丫知道只有男人的力量，性的力量才能够让一个女人发生如此巨大的蜕变。王小丫问，桂花，几天没见怎么变得这么漂亮了？找婆家了么？王桂花早已和王菊花定下君子协定，不向王小丫透露半个字。王桂花只是淡淡地笑笑说，我哪有那么大的本事，还等着你给介绍呢。王小丫见问不出个究竟，就把王菊花叫到办公室询问。菊花说，桂花她就是想开了，说钱是王八蛋花了再去赚，就把积蓄都拿出来捯饬自己了，还说捯饬漂亮了才能跟小丫姐一样在城里找到婆家。王小丫知道王桂花和王菊花都没对她说真话，心里面觉得真到了该防着她们俩的时候了。

　　王小丫拿了最近的账仔细地核算查对，生怕她俩趁她不在的时候做了手脚。她发现自己最大的最固定的客户在这个月里的购买额少到了可怜，她的额头渗出了密密的汗珠。

问题只有两种可能：一是王桂花和王菊花在发票上面做了手脚，二是客户那边出了问题，可能被别人争取了去。她倒宁愿是王桂花和王菊花辜负了她，也正好找个理由辞退了她俩。她把电话打到客户那里试探着说，张局长，有时间吗，我想请您吃顿饭，最近您好像也很忙啊，没怎么到我的店里来呀，是不是把老朋友给忘了？张局长说，最近局里的分工有些变动，我抓主要工作了，原来的那块业务归别人管了，不过我还是叮嘱过了，你那里让他们也照顾着，毕竟是老朋友了。王小丫的汗珠变得逐渐饱满，大颗大颗地滴落下来，这可是她的财神爷呀，她花费了九牛二虎的力量才争取来的，万一失去了，在竞争这么激烈的市场中到哪里再去找这么大的客户。她咽口唾沫，把不安和沮丧往胸腔里压了压，使语气调整到柔软状态说，哎呀，升正局了，那更应该请您吃饭了，祝贺您高升啊，这么多年都是您老大哥帮扶着我走过来的，我王小丫可不是忘恩负义的人，老大哥不会不给我小丫面子的，对不对呀？张局长犹豫片刻问，听说你丈夫是 N 大学的教授对吧？王小丫说，是呀。那个张局长的语气马上就有了热度，说，小丫妹子请我，我哪能不去呀，叫上你丈夫，让我也拜见拜见。王小丫的神经松缓下来，笑着说，他有什么呀，整个一书呆子。张局长说，说好了，我到时候带上家里人，咱们来个家庭聚会，算我请客。

王小丫放下电话，兴奋得打了个响指说，搞定！她不知道张局长为什么突然变得热情，非要她带上王安南，但她知道只要答应吃饭她的这个最大的客户就基本上回归了。想到张局长这么看重王安南的 N 大学教授身份，心里面数日来积压的闷气开始散解，想到好几天没有给王安南洗熨衣服了，便叮嘱了王菊花和王桂花几句待客要热情周到、眼要尖腿要勤的话，就急着往家赶。回到家把王安南的一套皮尔卡丹夏装洗好，熨得平平整整的，等待着晚上赴宴穿。

王安南从图书馆回到家看到王小丫又恢复了以往的勤快贤惠，心角落里的闷气也开始散解。他长时间地站在门口看着王小丫忙碌的背影，感觉生活又回到了从前，日子还是他熟悉而满足的日子。

王小丫听见开门的声音，却不见人进来，回头看见王安南愣乎乎地盯着她。你怎么了？她问。

王安南说，你又变回去了，我喜欢你现在这个样子，不喜欢你骂人的样子。

王小丫笑了笑说，不是说好再也不提那件事情了么？你看看你的样子傻乎乎的，像个七八岁的孩子一样。

王安南的心里暖暖的，他决定让王小丫和他一起分享他的快乐。他抱住王小丫的腰，把脸贴在她的耳朵上说，我要告诉你一个好消息，你肯定会为我高兴的。

王小丫说，你别说，让我猜猜，涨工资了？

王安南说，比涨工资还高兴的事！

那就是提你当系主任了？

王安南说，我的书出版了！你看这是样书，还有稿费，我提出来了，全部上交。王安南把他的书和钱递到王小丫的手里。

书出来了？这么快？我老公真厉害，能写书呢！等王耀祖来的时候让他看看，让他向你学习！她抱住王安南使劲地亲了亲。王安南看着王小丫盛开如花的脸，沉睡了许久的激情苏醒过来，他一本正经地说，报告老婆，我有一个请求，请求你用实际行动向我表示祝贺！说着便把王小丫压倒在沙发上。王小丫手里的书和夹在书里面的一沓钱掉落到地板上。

王小丫从王安南的眼睛里看到了光。一种不用赵历历指导也能准确读解的光。她在王安南的胸膛上听着里面的巨响，想到自己竟然从来没有和王安南讨论过他们之间的爱情，她娇柔地问道，你爱我么？

王安南说，爱。

为什么爱？

王安南用手指揉捏着王小丫用啫喱水定了型的一个发卷，像钢丝加工成的花朵，让人不敢轻易地把手掌按上去。他思考着自己为什么爱王小丫。

王小丫揪起他一根长长的卷曲的胸毛打趣说，再不说，就上刑了，干吗不说话，是不是根本就不爱我？她的耳边回响起赵历历的话，你要是没钱，他能娶你？男人只有第一句话是真的，第二句就是假的了，所以，不能给男人时间思考如何来回答你。

王安南说，因为你崇拜我，你崇拜我，让我觉得自己很骄傲。他的脑海里浮现出乔红看见自己的书时会出现的表情——乔红的眼睛会先眯起来，从封面开始端详，看一看是谁作的序，后面的印数，然后说，这里面有多少是你自己的见解？就这出版社出的？没有权威性，价值不大。

王小丫听了悠悠地叹口气说，这我就放心了，其实我也是同样的原因才爱你的，爱你和你的学校，现在我就只爱你了。

王安南说，那件事还存在心里？前些天还有报道说我们学校被评为世界名校呢，全校师生都因为这个扬眉吐气，你倒不爱它了。

王小丫从窗帘的缝隙里看见新办公楼的最顶层，再叹口气说，那肯定是外面的人评的。

王安南说，美国时报评的，非常具有权威性。

王安南歪着头看着散落一地的钱，想到王小丫竟然没有对它们表现出一点点热情，心里觉得有点失落，他坐起来，把钱捡起来捋好再次递给王小丫说，稿费全部上交，一分也不少，三千零九十八。

什么？你说多少？王小丫的心里突然有种说不出的感觉，像喝一杯温吞吞的壶底的水，里面漂浮着细小的白色无味的却让人难以下咽的杂质。她从来没有想到用钱来衡量王安南的论文、著作，她仅仅是因为它们高高在上，在她王小丫从小就崇拜的高度上而爱着它们。突然间，有人用她熟悉的东西对她的崇拜她的骄傲她的爱做了一个称量！它们在别人的眼睛里竟然只值三千零九十八元钱，一部中档手机的价钱，一件皮衣的价格……它们怎么可能只值这么点钱呢？它们怎么这么不值钱呢？它们怎么能用钱来衡量呢？她感觉如同有人把美丽圣洁的天鹅拔了羽毛织到布里面挂到大街上叫卖——天鹅绒的，天鹅绒的。

王安南说，我从小就不会撒谎，我真的没骗你，就是这么多，三千零九十八，多亏我把稿费单复印了一份，就担心你不相信我，你看看，我一分钱也没私留。王安南从裤兜里掏出一张皱巴巴的纸，递过去。

王小丫看着王安南的手，眼前浮现出它们日夜在电脑键盘上游动的景象，它们曾经以怎样的优美和优雅舞蹈着，吸引着她的视线，帮助她编织爱情的高贵与骄傲。可是，它们竟然以卑微的胆怯的姿势捏着一张揉皱的纸片，证明自己没有私留一分钱！盛开如花的脸突遭霜击，王小丫又想起第一次去乔红的家里，弯着腰接洗碗水的王安南。她对那张纸和那摞钱有一种说不出的厌恶，就像面对一个揭开了谜底的饶舌妇，她说，算了，家里也不缺你那点钱，你自己留着吧。

王安南说，不，我一定要上交，我本来就挣得比你少，好不容易有表现的机会怎么能私自留下呢？钱还是你拿着吧，去买件好衣服，算我送你的。

不，别和我讨论钱，把你的那点钱拿开，别让我看见它们。王小丫像害怕老鼠的女生在铅笔盒里看见了死耗子，语调又急又厌恶。

王安南对王小丫的鄙视生气了，他说，嫌我挣得少，早干吗去了，我这点钱，我这点钱容易吗？我辛辛苦苦地写了三个月，修改了四五遍，图书馆的书都快翻一遍了，你不稀罕，但你也要尊重我的劳动。他把钱和稿费复印单重重地拍在茶几上。

一会儿，书房里传来响亮的 luna，luna，luna……

王小丫知道王安南误解了自己的意思，可是自己没办法解释清楚内心的感受，她害怕把她一直高高供奉在心里最高贵最神圣的祭坛上的东西转变成实实在在的普普通通的甚至是俗不可耐的用不了多久就会破损褪色的衣服穿在身上。

40

　　到了傍晚，王安南和王小丫的心里还都疙疙瘩瘩的，但想到和张局长的约定，两个人倒也都努力调整自己的心情。王安南虽然并不热衷和王小丫的顾客吃饭，但听到王小丫说这顿饭人家是冲着他答应下来的，又是王小丫最大的客户，牵扯到王小丫公司的直接利益问题，虽然嘴上说，我是不愿出去吃饭的，却也早早穿戴好等着王小丫一遍遍地往脸上抹各种颜色。两个人临出门的时候又在镜子前照了照，相互检查了一遍装束，确定没有瑕疵后才奔向酒店。

　　他们比预定的时间早到了将近一个小时，两个人坐在巨大的桌子前，一时间竟都找不出话来说。王小丫一遍遍地看表，王安南一遍遍地看王小丫。过了一会儿，王小丫讨好地说，过一会儿人家到了，就看你的了，人家可是冲你来的，拿下他，咱们家今年的吃穿可就没问题了，你就是咱们家的大功臣呢，或者说是我公司的大功臣呢，不但我要感激你，王菊花王桂花小李小张小潘都要感谢你，他们饭碗里的一大半粮食是你帮着挣来的！王安南说，你安慰我的吧？但愿我不会给你帮倒忙，你知道我不太会说话，尤其是和当官的，我根本不知道怎么说。王小丫说，有我呢，要真有不知道该怎么说的话，你就看我眼色，我来说。王安南想了想说，人家不会有什么事求咱吧？王小丫早想到这个问题，但没想出什么结果，她确实搞不懂张局长因为王安南突发的热情。她说，人家是大局长，能有什么事求咱？人家孩子在加拿大读书，老婆陪读，可能是回来过暑假，他想显摆自己认识名校的教授吧？

张局长带来的并不是自己的老婆和儿子。王小丫从他们进门的一瞬间就明白了三个人的关系。对那个女人便有了十分的不屑，但脸面上还是热情周到，逮空就夸女人气质好，皮肤好，衣服好，头发做得好，口红的颜色好。女人被王小丫夸得容光焕发，频频地把眼睛瞟向张局长，总希望男人能把小丫的每一句赞美听在心里。王小丫也频频地看张局长，也希望他能把自己的话听到肚子里。她知道，夸一个男人的情妇就是在夸他的品位、他的权力、他的魅力。她还真诚地希望女人永远不被张局长甩掉，能够从此把她当成知音，能够帮她加深她和张局长之间的关系。张局长嘴角和王安南谈论着国家大事，眼角却是瞟着女人的，见女人和王小丫谈得欢，心里不由得赞美王小丫的滴水不漏。

王安南不认识张局长的妻儿，一口一个嫂子称呼女人，女人羞答答地应着，张局长并不做更正，王小丫看见张局长和女人都默认了，也跟着装糊涂。一顿饭倒也真吃成了家宴。张局长看着王小丫把账单装进包里说，你小丫妹子的事就是我张某的事，你的事你就把心放到肚子里稳稳当当的，另外，我还要求你家大教授帮我个忙。

王安南的头皮一麻，知道吃饭的真正主题出来了，他说，哎呀，我就一个普普通通的老师，我能帮你什么忙？王小丫在桌子底下轻轻地踩了他一下，打断他的话说，张哥，你有什么事用得着我们家安南的尽管说，咱们这么铁的关系，就不要客气，还用上求字了，听着外气得很。

张局长边剔牙边指指女人的儿子说，这孩子一门心思地想考你们学校，去年差一分，他妈说哭了好几天，别的学校来了通知也不去，死活非要复读，今年还是差一分，从前天知道分数就哭鼻子，他妈也跟着哭，我说咱认识里面的教授，我可是跟他们娘儿俩打了包票的，王教授你当老弟的可一定要帮忙。说着，把牙签放下，亲热地拍了拍王安南的肩膀。

王安南看了一眼王小丫，王小丫给了他一个鼓励的笑容。他说，对不起，我实在是帮不上忙的，我真的帮不上忙。你儿子不是在……王小丫在王安南的脚背上来了个急刹车，王安南赶紧后半截话咽了回去。

张局长的脸沉下来，他重新拿起刚刚放下的牙签插进他的后牙槽里。

女人的脸沉下来，把眼睛盯在儿子的身上。

一直默默无语的男孩深深地垂下头去。

王小丫的脸沉下来，继续在王安南的脚背上踩刹车，她的意思是让王安南不管怎样先应下来。

张局长把牙签从嘴里抽出来，牙签的头部有了红色，他把牙签扔在烟灰缸里说，王教授没有理由不帮这个忙呀，不看我和你们家王经理的关系，就看咱俩谈得这么投机也该帮啊。

王安南看见人家误解了他的能力，急得双手一起摆动起来，我不是不愿帮，是我真帮不上，我又不是校长，我就一普通老师。

张局长笑笑说，我还真知道你们学校的事，确实是要校长亲自定夺，你家老太太老爷子不是和校长是同学么，你妹妹也是这个学校的，现在哈佛读博士后，还回母校来做过讲演，她的同学就是校长的秘书，你要办这事，一句话的事么。

王安南用被地瓜噎住的表情看着对他的底细一清二楚的张局长。王小丫赶紧笑着接过话来——张局长您不了解他，他是一个从不把话说满的人，当老师的都这样，谦虚，您放心，您的事就是我的事，我的事就是他的事，他的事就是他爸妈的事，他不敢怠慢的，否则我也饶不了他。张局长哈哈一笑说，还是王经理痛快，巾帼不让须眉，好，我就等你回话。女人和男孩的脸上也都有了喜色。王小丫更是满面依依不舍的表情和女人抱了又抱，手握了又握，再见拜拜说了好多遍，把张局长和女人孩子送上车，车开远了，还在摆着手。王安南站在酒店门口的台阶上阴着脸看着他熟悉而陌生的妻子。

王小丫转过脸来的时候，面部所有的肌肉都松弛了下来，气哼哼地钻进车里。王安南很感慨地说，第一次看见你应酬，真是不容易，很辛苦的。王小丫说，知道我辛苦，你还不帮着点，差点坏了我的大事。王安南说，办不了的事你也敢应下来，怎么跟人家交代。王小丫踩了急刹车看着她家的大学教授说，王安南你是真不打算帮忙？这可不是开玩笑的，这可是我的主要客户，人家要是跟我断了，我就得关门。王安南说，我不是说了么，我帮不了，我就一普通老师，我和校长的关系还不好，我想帮也帮不上呀，是你不知天高地厚地应下来。

后面的喇叭催得急，王小丫猛地启动油门，差点把王安南的头撞到挡风玻璃上。王安南说，你这叫气急败坏。王小丫的胸膛剧烈地起伏着，她特别想朝着王安南踹上几脚，踹得他大小便失禁，把他的那点傲气那点清高那点迂腐全踹出来，从此变成一个张局长一样的人物，当然不能像他一样搞婚外恋。她说，够了，够了，别再跟我转你的那些名词，人家张局长把办事的路子都给你指出来了，花钱不怕的，就是花个五万六万的，咱也亏不了，多给我几笔业务就出来了。王安南说，王小丫你该是了解我和我爸妈的，你这简直是逼良为娼。王小丫的眼泪哆嗦着掉下来——王安南你说话办事要讲良心的，你们一家人都是良我就是娼对吧？

王耀祖坐在王小丫的家门口已经睡着了，黑乎乎的一团，把王安南和王小丫吓了一跳。待看清是王耀祖，王小丫赶紧把她弟弟迎进屋里，询问他突然来的原因。王耀祖说，姐，高考分数线下来了，你不是说让姐夫给我走后门上这个学校吗，咱爸妈让我赶紧来，免得晚了人家招满了。王安南冷冷地说，你姐真会抬举我，这学校又不是我开的，就是我开的，也得有个章法不是，难道谁想进来都行？你够这学校的提档分数线了吗？王耀祖低下头说，不够，才考了三百来分。王安南哈哈一笑说，什么？三百来分，连个普通专科都考不上，你以为这里是百货公司谁都可以进来？

王小丫本不想当着她弟弟的面和王安南吵架，她强压着火气说，我弟弟就是我们家的命根子，他这一辈子我是管定了，你也别说些风凉话，该帮的还是要帮，外人不想帮就罢了，自己家人还不帮吗？这里虽说不是百货公司，但也不是个冰清玉洁的地方，有权有势的人家的孩子考一二百分都进来了，也都揣着名牌大学的本本出去了，这也都是你说给我听的，要不我也不知道，咱努努力，总不会没点办法吧？王小丫的最后一句话几乎是在恳求了。王安南也不搭话，站起身来就钻进书房，把门插上了。王耀祖无助地看着他姐夫用一扇门的关合声回绝了他，眼泪就出来了。王小丫赶紧给她弟弟擦眼泪说，你姐夫不是冲着你来的，他今天晚上本来就气不顺，等明天姐姐再让他想办法。王耀祖说，姐，我姐夫平时是不是也这样对待你？他揍过你没有？他要是敢揍你，我饶不了他。说着，把自己的手指关节捏得啪啪地响。王小丫的眼眶红了，她说，那倒不会，你放心吧，姐过得好着呢。王耀祖说，姐，城里是好，就现在吧，坐在这里吹着空调一个苍蝇蚊子也没有，我都不记得是在夏天了，你看我腿上，全是蚊子咬的，痒得人睡不着觉。王小丫看着她弟弟腿上挠烂了的红疙瘩，流着脓水。王小丫说，都是姐不好，姐曾跟娘说过，一定要让你们过上好日子的，一定要让你过上好日子，就是上不了大学，姐也让你姐夫给你办个城市户口，在这里安家落户，然后把咱爹咱娘也接出来。王耀祖迷迷糊糊地说，咱爹和咱娘也这么说的。他说完这句话，在空调的吹拂下，舒适地闭上了眼睛。

41

　　"朋友"突然提出要王桂花到医院鉴定她的处女膜是真是假。"朋友"说，只要医生说你那里是真的，我就娶你。王桂花说，我当然是真的，那血你又不是没看见，流了一大摊，那还能有假吗？"朋友"嘿嘿笑着说，现在这社会什么没假的？什么都有假的！原先人家说，爹娘假不了，现在连爹娘都有假的。王桂花说，我对你的爱就没有假，你又不是没看见，我为你流过多少眼泪了，你高兴我就快乐，你打个喷嚏我的心都疼碎了，这还不叫爱情么，难道这也是假的？"朋友"说，这个你对我说过很多次了，我总应该验证一下吧，把一个人说过的所有的话抽出一句来做个鉴定，鉴定是真的，那才有相信其他话的基础，我想相信你，所以想让你做鉴定，别的我又没有办法鉴定。王桂花说，我都和你睡过了，那里早都破了，还能鉴定吗？你不会是找理由甩我吧？"朋友"发誓说，我要是说假话，天打雷劈，我咨询过了，女人那里是什么时候破的，缝没缝过，生没生过孩子，人家全能鉴定出来，如果医生鉴定你那里是今年夏天才破的，我就相信你所有的话，咱俩就领结婚证。王桂花觉得他的话虽有道理，但又怕他糊弄她，就想跟王菊花商量了再说，嘴上答应等休班的时候去医院。

这个问题把王菊花难倒了，她也不知道医生是不是真的能鉴定出来，万一鉴定错了呢？两个人愁眉不展。王菊花说，要不我去问问小丫姐？王桂花说，不行，你一问，她肯定就往我身上想。王菊花说，那要不我们去医院问大夫？王桂花点点头。王菊花找王小丫请假说，王桂花肚子疼需要陪她去医院一趟。王小丫说，那你就不要去了，我去吧，我开车带她去。王菊花不知道怎么回答，就红着脸回来了。王桂花问，准了么？王菊花说，我说你肚子疼，她非要陪你去。王桂花低声说，你脑子有水啊？就不会说别的？王小丫准备停当，拿着车钥匙出来问王桂花是不是吃坏了肚子。王桂花说，你忙吧，就是来月经了，有点不舒服，本来不用去医院的，菊花大惊小怪的，我一直这样的，拿热水袋焐焐就好了。王小丫说，和我一样的毛病，我这儿有热水袋，菊花你给它灌上水吧，我今天没事，你就在旁边歇着吧。王小丫一看王菊花的脸就知道王桂花其实没有病，不知道两人有什么问题要一起出去，所以就故意说要陪王桂花去。王桂花只得大热天的抱着热水袋，一身身地出汗，心里骂着王菊花笨得要死，骂王小丫的歹毒。

省立医院和王小丫的店就隔着一条街，王菊花和王桂花眼巴巴地看着医院大门等着王小丫下班回家。王小丫的身影刚消失，她俩就赶紧往跨街天桥跑，边跑边商量着挂哪个科的号。王菊花说，我有一次听赵历历说看下边的病要挂皮肤科，不管哪个科肯定要挂专家。王桂花说，肯定要找专家，我觉得应该挂妇科吧，我下边又没病。到了医院挂号室，两个人都已上气不接下气，挂号室里坐着一个四五十岁的女人，看见她俩直不起腰来，赶紧伸头出来问，是什么病？要不要帮忙？王菊花勉强挺起腰对着女人大喘着气说，大夫，我们挂专家号。哪个科的？嗯，嗯，看她生孩子的地方。妇科，那叫妇科，七块钱，快去吧，再有五分钟就下班了。她俩接着往三楼的妇科跑。到了妇科，她俩都跑得肚子疼了，两人一起按着肚子坐在椅子上，一个四十来岁的男人在洗手，边上站了两个和王桂花年龄差不多的男孩子用虔诚的目光看着水流下的双手。王菊花说，谁是大夫？男人回过头来，一个男孩子赶紧伸手去拧水管子，另一个从口袋里掏出纸巾递过去。大夫擦了手问，怎么不舒服？怎么拖到现在？都下班了，很多配套检查该查不成了。王桂花和王菊花大眼瞪小眼不知道该说什么。大夫翻开病历问，结婚了吗？哪里不舒服？王菊花戳戳王桂花的肋条，你快说呀，大夫要下班了。王桂花的脸红了，低下头说，你们这里都是男大夫吗？有女的吗？边上的男孩子说，我老师可是咱们省里最有名的妇科大夫。王桂花扭头看了看整个门诊，除了这三个男人的确没有别人了，鼓鼓勇气说，我，我，我想问问你这里能鉴定处女膜吗？就是就是就是，看看处女膜是什么时候破的，是不是真的。两个男学生咮地笑了一下。大夫严肃地对他的学生说，对患者的任何问题都不能笑，记住了？男学生说，记住了。大夫扭过脸盯着王桂花说，我这里是妇科门诊，我只看妇科病，如果你有病，就请躺到那边的检查床上，没有就请不要耽误我下班。说完又回到水管子前继续洗手。王菊花跟过去说，求求你了，大夫，她要结婚了，她对象要她做个鉴定，不做可能就不会娶她了，你帮帮忙吧。大夫的手在水流中仔细地揉搓着，揉搓完了，又拿过毛刷刷指甲，刷完了，直起身看见王菊花还站在那里，就说，我这里不管这个问题，你到别的地方问问去吧。

去哪儿呢？王挂花和王菊花异口同声。大夫说，我也不清楚，你们再问别人吧。

两个人无精打采地走回来。王桂花说，要不咱找赵历历问问吧。王菊花说，你有她的电话吗？王桂花说，没有，要不找小丫姐要电话，就说咱找赵历历的熟人买衣服？王菊花说，行。

电话是王耀祖接的，王桂花和王菊花都松了口气。王耀祖在城里憋了几天，突然听见王菊花和王桂花的家乡话甚觉亲切，赶紧问王小丫赵历历的电话，王小丫说，你先问问她们找赵历历干什么。王耀祖说，找熟人买衣服。王小丫半信半疑，又不好多问，只得告诉王耀祖。

王桂花放下话筒对王菊花说，她弟弟来了，都来好几天了。王菊花说，怎么没听小丫姐说起过？她不会是让她弟弟到店里来上班的吧？

王桂花说，她早都不拿咱当亲信了，就你还傻乎乎地给她卖命，活人不会让尿憋死的，咱也不见得非在她这一棵歪脖树上吊死，等我结了婚，你就跟着过去。

王菊花说，跟你一起去倒行，他到底是干什么的？

王桂花说，他说是搞平面设计的，比小丫姐干的这个有前途，有技术，在这里不就卖卖东西么。

你亲眼见过了？搞平面设计的？

他那里什么都有，电脑，复印机，彩色喷墨打印机，扫描仪，都有，他还让我看过他设计的画报呢！

他有公司吗？

有，在他家里，他说是家庭式办公，现在最时髦的，有活儿就干，没活儿就玩，也不用交房租交税什么的。

42

　　赵历历打听了好几个人，终于打听到一个熟人的老婆在一家社区医院专门负责婚检。赵历历当晚就开着车拉着王菊花和王桂花买了礼品到了人家家里。说明来意，熟人的老婆说这小事一桩，我们干婚检的，常遇到这事，我可以给出个证明，但我必须检查一下，正在风头上，前段时间因为这种事有人把我们告了，说我们搞虚假。王桂花说，我不怕检查，我没有虚假，我就担心是不是真能鉴定出来。赵历历说，现在这男人都他妈的有病，平日里希望哪个女人都能上，到找老婆的时候，偏又想找处女，找到了处女还不敢相信。熟人的老婆说，社会不同了，科技进步了，什么都能作假，也不能全怪男同志多疑，很多女孩子做处女膜修补术，有的都做好几次，我们这里就开展这项业务。

　　熟人的老婆把王桂花领到检查室，让她往很高的一张床上爬，摆出一个让人极难为情的姿势。王桂花不安地问，大夫，真能鉴定出来么？熟人的老婆冷冷地说，真的假不了，假的真不了，什么都瞒不过大夫的眼睛，这东西就像衣服一样，是不是修补过，洗过几水，穿过几个春秋，总能看个大概的。王桂花放下心来，见大夫不出声，又问，大夫，能鉴定出是今年夏天破的么？大夫阴着脸说，你到底是干什么工作的？王桂花说，卖电脑的。

真的吗？不卖别的？

王桂花说，还卖复印纸、墨盒什么的。熟人的老婆说，你男朋友是干什么？王桂花说，搞平面设计的。王桂花穿上裤子跟着熟人的老婆出来。熟人的老婆对她说，你到那边等会儿吧。然后，把赵历历叫到一边嘀嘀咕咕，赵历历的脸也阴了下来，看得王菊花和王桂花莫名其妙。王菊花问王桂花，你真是真的？王桂花说，那当然了，我对天发誓。王菊花说，那她俩嘀咕什么？

回来的路上，赵历历一声不吭地开着车，王桂花拿胳膊肘捣捣王菊花，让她问问。王菊花说，历历姐，大夫给开证明了吗？她说鉴定出来了么？赵历历哼了下鼻子说，鉴定出来了，得了性病，还病得不轻呢，要赶紧住院。

什么？历历姐你别开玩笑！王桂花哭咧咧的。

赵历历说，我开玩笑？你那里舒服不舒服你自己不知道啊？让我跟着作难，你知道人家说得多难听吗？

王桂花呜呜地哭起来，边哭边说，历历姐，我怎么会得性病呢？我该怎么办啊？能治好吗？

赵历历说，你确定就这一个男人？

我对天发誓，就这一个。

王菊花说，她真的就一个，我俩几乎天天在一起，我能证明她。

赵历历说，那就说明你的男人不止你一个女人。

怎么会呢？怎么会呢？我那么爱他！我对他那么好，他怎么会呢……王桂花哭得肝肠寸断。

43

　　王小丫觉得王安南一家子都被乔红传染了"自命清高"这种病，她不相信王安南帮不上王耀祖的忙，更不相信王安南帮不上张局长的忙。她对王安南说，你就是清高，万事不求人，可这社会就是大家相互求着的社会。有些事，张张嘴就能办了，我就不相信张张嘴就那么难。她说这些话的时候，都是在王安南进入睡眠以前，避开王耀祖说的。她不想让王耀祖看见王安南回绝她的样子。头一天，王安南说，张局长那个差一分的我办不了，你弟弟差好几百分，我更办不了，你说什么都行，我就是办不了。后来的几天，王安南干脆装睡，不再说什么。王小丫知道丈夫没睡着，知道要转变一个人的思想观念也不是一时半刻能行的，所以，她就耐着性子说。相信他总会有顺应的那一天。

　　一连说了七个晚上。

　　王耀祖不见王安南过问他的事情，就着急起来，问王小丫说，姐夫怎么还不给我找找上学的事情，再不找该晚了。王小丫说，还有脸说呢，差着好几百分呢，你姐夫都张不开口，姐找人打听了，像你这种差分的，要等到人家录取完了，专门有为关系户搞的补录，来得急。王耀祖说，其实，我真的不想读书了，我一看见书就头疼，让姐夫给我在城里弄个城市户口，找份工作吧。王小丫思考了一会儿说，要说差好几百分的事确实是有难度的，但让你姐夫帮着弄个城市户口绝对没问题，你自己可要想好了，这年头没文凭可不行的。王耀祖说，姐，文凭不能说明一个人就有能力，你不就没有文凭吗，还能自己开店当老板呢。王小丫厉声说，胡说，姐姐可是有学历的，哪像你不学无术。边说边眨了下眼睛。王耀祖会意，伸了下舌头。王小丫认真地说，姐姐真是有文凭的，这几年姐姐在城里又读书了，不骗你的，你以后就是工作了也要继续学习，读个夜大什么的。王耀祖说，费那个劲干吗？弄个假的就行了呗。王小丫的脸一红问，你说什么？王耀祖说，我这几天转悠，看见学校周围的墙上贴了很多办假证的，弄一个就行呗，我不想读书。王小丫呵斥道，王耀祖，你真是让我和父母失望，不学无术，这样的话你要是再让我听见一句，我就永不再管你的事情。吓得王耀祖赶紧低眉顺眼地瞅自己的手指头。

　　第八天的中午，张局长派人到王小丫的店里买了三万多块钱的东西，不砍价，明摆着让王小丫赚钱。张局长在电话里说，下一步全局要进行电脑联网，远则半年，短则两三个月就能定下来。王小丫知道现在张局长抛给她的仅仅是一点肉渣，等到王安南把事办成了，才会有大块的肥肉。王小丫也清楚张局长这话的另一层意思就是催王小丫赶紧把事办了。王小丫知道事情不能再拖了，她买了些补品和两瓶茅台酒，拿报纸包了三万元现金。等吃过晚饭，王小丫把准备好的东西塞到王安南的手里，让他去校长家。王安南的手指肚子开始发麻，觉得自己不是握着报纸，而是握着电源插头。他说，你这是赶鸭子上架！这种事我真办不了，校长不会给你办的。王小丫把他推出门说，自古只有打咬人的狗的，没见过打送礼的。王安南扭了身子往回走，低声说，王小丫你这是让我犯罪，你知道么？！王小丫狠狠地说，天底下的人都在这么干，也没见谁犯着罪了。说完，咣当一声把门关上。

　　王安南提着茅台酒和三万块钱，在通往校长家的路上徘徊。他知道只要自己到了校长的客厅里，校长那两扇心灵的窗户里可能就会有季节转换，可能就会有春天。但从此以后，校长会用看走狗的眼神看他，别人也会用看走狗的眼神看他。可如果不去，王小丫会伤心失望，他的爆发过战争的家里可能会有新的战争，甚或会有旷日持久的类似于乔红和王江山那样的战争。他来来回回地走着。突然有人喊道，王老师你好。王安南扭头看见他的阿根廷学生"黄里泛黑"。"黄里泛黑"说，王老师，好久不见，你不够朋友，你和你很甜的妻子结婚也没有请我吃糖，也不再学我们的语言了。王安南叹口气说，还是要学的，前段时间忙，放下了。"黄里泛黑"说，王老师说我们的语言能让人快乐，王老师结婚了，快乐了，就不用学快乐了。王安南说，你的汉语倒是进步了不少，还学会贫嘴了。王安南抬头望望玉米饼子一样的月亮说，我不快乐。"黄里泛黑"调皮地耸耸肩膀问，是那个很糖的女孩子惹你生气了吗？王安南再叹口气说，婚姻是爱情的坟墓啊。"黄里泛黑"说，你说慢一点，我记下来。说完从书包里往外掏笔。王安南看着"黄里泛黑"就着微弱的灯光一笔一画写着歪歪扭扭的汉字，感慨地说，学习是世间唯一能给人带来持久快乐的事情。"黄里泛黑"抬头看看他说，王老师你再说一遍，这句话很好，很深奥，我也要记下来，可我的另一个中国朋友说，权力才是快乐的源泉，你们说的都很深奥。

权力才是快乐的源泉。

王安南往远处校长家的阳台看了看，他突然有了坚决不去给校长增加快乐的决心。他对"黄里泛黑"说，你喝过中国最好的酒么？"黄里泛黑"说，没有。王安南说，我请你喝。他拉着"黄里泛黑"到附近的足球场上坐下来。

王耀祖尾随着王安南，看着夜色里他们家世世代代向往的地方，他看不出这里和别的地方有什么不同。他搞不懂为什么进到这里的人就能被别人吹捧着，恭维着。他越来越觉得他的姐夫也就是那么回事，呆瓜一个。他姐姐在给自己画饼。他早就想说这句话。他看着王安南和他的外国朋友喝着中国最高级的酒，说着嫦娥奔月的故事，心里暗暗地为姐姐抱不平。他搞不懂姐姐挣的钱比他多多了，为什么还什么事情都让着他。有心回家报信，又怕王安南把三万元钱也给了外国人。

王安南和"黄里泛黑"不一会儿就喝得酩酊大醉。王安南说，你那个朋友说得不对，学习才是快乐的源泉！知识才是快乐的源泉！我就是不让有权力的人快乐！我就是不让他们快乐！我要奔月，我要奔月！王安南伸展着胳膊，前伸了脖子，像只醉了的鹅。"黄里泛黑"说，我也要到月亮里去找嫦娥。他用同样的姿势跟在王安南的后面。王安南停下来，仰头看着月亮，"黄里泛黑"也看着，王安南说，luna！"黄里泛黑"说，luna！两个人一起大声说，luna！luna！luna！

王耀祖过去捡起报纸包和两个酒瓶。

44

王小丫看着两个空酒瓶和王耀祖绝望的眼睛，她想安慰她的弟弟，可腮帮子上的肉哆嗦着无法顺溜地把话说出来。她只好故作镇静地盯着酒瓶子。王小丫是喜欢酒的香气的，尤其是茅台酒浓烈的醇香，可是此时的酒香却让她感到恶心，像一团油腻腻的抹布塞在嗓子眼里。她只好把酒瓶子扔进厕所的垃圾筐里，然后趴在马桶上把肚子里的晚饭吐了个干净。

王耀祖听着王小丫剧烈的呕吐，吓得眼泪都快出来了。他站在门外边说，姐姐你怎么了？你可千万不能因为这事气坏了身子，姐夫实在办不了就算了，其实我不想上学，跟姐姐一样自己干个小买卖不也挺好的么！

王小丫止住呕吐，擦干眼泪，重新坐到沙发上。她的腮帮子经过剧烈的伸缩运动已经不再搞哆嗦的小动作了。王小丫威严地看着她的弟弟说，你把刚才的话给我重复一遍。王耀祖低下眼皮说，姐夫实在办不了就算了，其实我不想上学，跟姐姐一样自己干个小买卖不也挺好的。王小丫说，你说这话我不怪你，因为你根本就不知道真正的好日子是个啥滋味，你根本不知道咱们这样出身的人要想活得扬眉吐气有多么不容易！这绝对不是干个小买卖就能解决的，就能办到的。慢慢地，你会明白的，当你踏上社会，受尽别人的白眼、冷眼、不屑一顾、欺负的时候你才会知道，人活着，活得滋滋润润的，走到哪里也不会有人下眼子看你，能得到别人的尊重是多么不容易！姐姐就是这么一步一步走过来的，姐姐知道这里面的滋味，所以姐姐不想让你再走这样的路，姐逼着你学习，逼着你姐夫去走后门，就为让你避开这条路，虽说这个大学里面也有些乌七八糟的事，可是它在别人的心目中还是最高贵的，你只要从这里出去，别人看你的眼神首先就会含着三分尊重七分羡慕，就是经商都叫儒商，而别的都被叫作奸商，你懂这区别吗？你不知道现在干买卖有多难，竞争多厉害，你以为没地位没背景没关系没权力没学问能办好么？白道黑道的都来欺负你，都来从你身上榨油，一年有几十万家个体企业在倒闭，你懂吗？咱投胎没投对，生在除了贫穷什么也没有的农村，先天不足是没办法的，可是人总要努力想办法的，要是你能进到这个学校里，你的同学当中有钱有势有身份有地位的多的是，你就是学不到什么知识，认识这么一帮朋友都会使你受益不尽的。你不要泄气，要相信你姐夫一定能帮上你的，他就是一时转不过弯来，他从小在蜜糖罐罐里长大的，他不懂咱们的苦。姐慢慢地给他做工作，今年不行咱就等明年。毕了业，再让他帮着找个好工作，干上个公务员可比姐姐强百倍了。总之，你自己要努力，姐姐不会不管你的，什么也浓不过血，姐姐一定帮你过上真正的好日子。

王耀祖大瞪着眼看着他姐姐，心里面对王小丫佩服得五体投地。他说，姐你原来这么深刻，这么有学问呀。王小丫在劝着王耀祖的时候，也把自己劝开了，从今天晚上王安南的表现中，她明白了知识分子的阴坏是不可低估的，改造王安南是需要时间的，创造好的日子更需要时间。她笑笑说，我这哪里叫有学问，说深刻还沾点边，那也是从姐姐遭过的罪里提炼出来的。

王耀祖鼓足勇气说，我看姐夫就跟个呆瓜似的，他能行么？

王小丫叹口气说，你还记得咱们村里小花她姐夫吧，一个小学老师出身的乡镇小干部，人家还把三亲六戚的都弄到乡政府里去了呢，何况你姐夫是名牌大学的教授呢，你不知道，他的很多学生都在省城的重要部门工作，他父母的学生有的都当省长了，只要他愿意帮咱，你说能不能成？他就是清高，他们一家人都清高得不行。你要理解你姐夫，反过来说，他为什么能清高，清高也是需要资本的，那是因为他们已经过着好日子了，已经活得扬眉吐气，没有人会低眼看他，没有白眼冷眼，可是咱能行么？咱就不行！

王耀祖憨憨地笑了，真的？那姐夫回来你可别跟他发脾气，把他得罪了，可不好。

王小丫说，这还要你教我，你给姐姐到冰箱里拿个冰糕，你自己也吃一个，我总觉得有点恶心。

姐弟俩吃完冰糕到球场把瘫成一堆泥的王安南背回家，姐弟俩用期待的眼神看着趴在沙发上、嘴角流着哈喇子的大学教授，期望他经过茅台酒的发酵能够成为一个可以帮助他们过上好日子的人。

45

　　沉默了两天的王桂花买了一把不锈钢的柳叶刀。她给"朋友"打了电话，让他在家里等着她，说她已经做了处女膜破损时间的鉴定，拿过去给他看。然后，她一脸决绝地对王菊花说，我想好了，只有杀了他才对得起我的爱情。

　　王菊花吓得赶紧拉住她哀求，桂花你别做傻事，他骗你，你就骗他，把他的钱骗出来，咱治好病，再做个修补，以后嫁个好人家不就行了吗？我绝对不说出去，否则我就会天打雷劈，不得好死！

　　王桂花说，菊花你体会不到我的心碎。那里碎了，是可以修补上，可心碎了，怎么修补？最爱的人都这样欺骗你，你说世界上还有好人么？就是有好人咱不是人家的亲人，又有谁会对咱好？我一定要杀了他！说完，挣脱王菊花的手，狂奔而去。

　　王菊花跟着跑了一百米，就在要抓住王桂花的时候，王桂花上了出租车。王菊花思考再三决定给王小丫打电话。

　　王小丫在电话里恶狠狠地骂王菊花，你是个死猪？你为什么不拉住她，拉不住你不会跟着她？

　　王菊花哭着说，小丫姐你快想办法救桂花吧，那男人会把她杀了的。

王小丫说，我怎么救她？我又不知道那男人是谁，住在哪里！

王菊花说，就是你那个朋友。

我哪个朋友？

搞平面设计的。

搞平面设计的多的是呢，姓什么，叫什么？

就是在你结婚请帖上写着朋友的那个。

王小丫的脑子轰的一声响。她扣上电话，顾不上多想，就往那个她曾去过四次的肮脏小院奔去。跑了一会儿，又觉得欠妥当。自己跑去又会出现怎样的结果？能阻止王桂花杀人么？能阻止"朋友"杀王桂花么？能阻止事情不伤害到自己么？如果，他们仅仅是恋人间的怄气，自己的出现会带来什么后果？"朋友"会拿她买假文凭的事情解释两个人之间的关系，王桂花从此以后又会抓住她的把柄，她就永远不能辞退她，永远供着她和她的男人，来换取自己家庭的安宁和尊贵。思考再三，王小丫想出了一个两全其美的办法，她走到公话亭，拨通了110电话，检举一个制作假证件的坏蛋。

挂掉电话的王小丫心里面有了一种从未有过的轻松，一根不能确定是否具有燃爆力量的旧引线被拆除了！这一刻，站在电话亭狭小的空间里，她想起了乔红，乔红清高的骄傲的美丽的衰老了的眼睛！把她放到我的位置上，她的眼睛还能那么骄傲那么清高那么美丽么？！

王桂花在街口看见了她要杀死的人。他的双手乖乖地并在一起，眼睛绝望地四处张望着，两个警察架着他的腋窝，如同他的两根拐杖。后面还有一些警察抱着他的电脑、扫描仪和几个纸箱子。王桂花摸摸包里的柳叶刀，遗憾地笑了。当他的眼睛扫过来的时候，王桂花急切地对警察说，枪毙了他！枪毙了他！架着他胳膊的一个警察朝王桂花看了一眼，咧了咧嘴角。王桂花盯着警察的嘴角看了两秒钟，她认出那是一种快乐，她突然觉得自己应该更加大声地要求警察枪毙了他！警察把她曾经为之神魂颠倒的男人塞进了警车，男人扭回头看着她，她追着喊：警察，枪毙了他！警察，枪毙了他！

46

　　王小丫怀孕了。大夫告诉她已经快三个月了。王小丫在心里推算了一下日期，应该是她鉴定王安南做爱时眼睛会不会放射光芒那一次的。想起照片的事情，想到几个月以来自己为了爱情为了这个家所受的折磨，心里面突然有了想哭的愿望。她的眼泪流下来。大夫告诉她说，准妈妈不能情绪激动，要保持愉悦的心情。她笑着把眼泪止住，走出医院，拨通王安南的电话，眼泪又出来了。

　　王安南一直渴望自己成为一个家长，成为一个不同于他母亲也不同于他父亲那样的家长，他渴望着自己用成功的父亲的角色有根有据地指出他父母的错误。尤其是他母亲的错误。就像他总是努力维护婚姻的幸福来佐证他父母婚姻的失败一样。王安南快乐地想象着自己的儿子在王小丫的肚子里伸着胳膊腿，快乐地等待着看见爸爸！爸爸！

　　王安南在电话里对乔红喊：我要做爸爸了！王小丫怀孕了！

　　乔红笑着对儿子说，我还要做奶奶了呢，看当个爸爸就把你高兴成这样。

　　王安南说，妈你做点好吃的，中午我和小丫回家吃饭。

乔红说，好吧，你问清楚了她想吃什么，再来个电话。

王江山在电话旁边听了个清楚，笑眯眯地问，不坚持原则了？

乔红说，我是看孙子的脸，饶了她这一回。

　　王安南小心地搀扶着王小丫走出医院，走上过街天桥。两个人站在天桥上，看着底下飞梭一样的汽车。王安南拥住王小丫的肩膀说，以后上街走道都要小心了，可不许惊动了我儿子！王小丫把头靠在丈夫的胸前说，我还是希望能生个女孩子，像她姑姑乔超红一样优秀，也到美国哈佛大学读博士。王安南笑笑说，你是不是也和我妈一样觉得我不够优秀呀？你这样下去会变成另外一个乔红，很危险的。其实，孩子只要快乐就好，父母是没有权利剥夺孩子的快乐的，只应该给他们创造快乐。王小丫郑重其事地看着王安南说，安南，你已经是做父亲的人了，以后应该多为我和孩子着想，为我们这个家着想，不能一味地清高了，只要是对咱们有益的事情就应该去做的。王安南知道王小丫的心思，赶紧强调说，人是很难改变的。王小丫说，只要愿意干，其实一点都不难，把现成的关系用起来就可以了，又不是让你凭空造高楼，有关系为什么不用呢？其实全世界都在利用关系，国家之间遇到什么事了，不也是相互出访，许诺，交换条件，相互送礼吗？和咱们没什么区别，为什么有鞋不穿，非要光脚呢？

　　王安南想反驳王小丫，又想起大夫的教导——孕妇应该保持愉快的心情，遂咽了口唾沫说，我已经通知我爸妈了，妈妈还问你喜欢吃什么，要打电话回去，她好准备。咱们以后就回家吃去，你不要再炒菜了，以免被油烟味再熏得恶心。

　　王小丫叹口气说，我喜欢吃什么？只要是别给我白眼吃就算我王小丫烧高香了。

王安南说，看看你，又生气了，过去的事就不要再提了，爸妈不也是已经不再提让你道歉的事了，一家人和和睦睦、其乐融融是我最大的梦想。在来的路上，我想了很多，或许我们从今以后都不再是单纯地为着自己活了，我们要为孩子着想，不管发生什么事情，都不能够在孩子的心里面留下阴影，我发誓自己要做一个称职的好父亲，比我爸妈做得要好。

王小丫说，你真能这么想就好了，我们之间就不会再有矛盾了，我觉得一个真正称职的父亲最重要的是给孩子营造一个好的生存环境，有力不出力，算不得好父母，你以后真要改改脾气的。

王安南有点不耐烦了，他强压住火气说，赶紧回家吧，爸妈还等着呢。

王小丫也知道这是一个最好的和解机会，便乖乖地挽住王安南的手回家去。

47

　　这一次，王小丫什么礼物也没买，回家的底气却是比任何一次都足。她不时地用手抚摩一下自己的小腹，里面的小生命就是她献给这个家最大最重的礼物。走上楼梯的那一瞬间，结婚典礼那天的情景在眼前一闪而过。她禁不住打了个战。王安南感觉到了王小丫身体的颤动，知道她还为着上次大字报的事情难过，使劲攥了攥她的手。王小丫在心里给自己打气——这次是她请你来的，你怀着她家的骨血！你是她孙子的母亲！你有权利理直气壮地进出这个门！

　　王安南拿出钥匙想开门，想了一下又把钥匙放回口袋。他怕爸妈万一换过门锁，再给王小丫添堵。他朝她笑笑，敲敲门。

　　乔红和王江山已经做好饭等着了。王小丫不卑不亢地看着乔红和王江山叫了爸妈。王江山笑着说，赶紧坐下歇歇吧。乔红眼里虽然也含着欢喜，但王小丫看出来那欢喜相对于王江山和王安南眼里的要冷得多。乔红盯了一眼她的高跟鞋说，怀孕的女人是不能穿高跟鞋的，身体的重心会不稳，容易闪着。王安南赶紧接过话说，妈妈说得对，赶紧换下来。

　　坐在久违的饭桌边，王小丫从未有过的自在。自己再也不用去争着端盘子端碗，再也不用想尽办法来讨好乔红和王江山王安南了。他们三个人，现在都在往她王小丫的碗里夹菜，嘱咐她多吃，要给孩子足够的营养。虽然不时有恶心的感觉，王小丫却是吃到了乔红家里最有滋味的一顿饭。

吃完饭，王小丫坐到沙发上看电视。她拿过遥控器问王江山，爸爸，城市新闻是几频道？王江山说，13。王小丫按下13，然后眼皮也不抬地把遥控器放在左手边靠近乔红的茶几上。只用眼角的余光扫了下乔红的手。她等待着那双手的反应。她知道平日里的遥控器是被它们掌控着的。乔红的手并没有改变频道，她也用眼角扫了下遥控器。王小丫懂得乔红终于开始妥协了。

城市新闻是王小丫最喜欢的栏目，它是王小丫了解这个城市的一个重要途径——在上面看见自己熟悉的城市、街道、建筑，甚至自己熟悉的人和事，王小丫就感觉特别亲切，心里面就觉得踏实。今天，她盯着电视心思却不在新闻上，她在回味乔红刚才的妥协。

戴着长方形黑框眼镜的主持人说，现如今很多事情都会让人们大跌眼镜，就连造假者的理由也不得不让我们大吃一惊，前几天我市破获了一起巨大的制作假文凭案件，从犯罪嫌疑人的家中搜出了数百个高等院校的假冒公章，让人大跌眼镜的是该犯罪嫌疑人竟然口口声声说自己是在给社会做贡献，请看本台记者发回的报道。画面上"朋友"穿着黄色的马甲，头发像乱草一样蓬松着：

记者问，你知不知道自己的行为给社会带来很大的危害？

"朋友"说，有什么危害？我觉得我给社会做了很多贡献。

记者用鼻子笑了一下，反问道，你是在做贡献？！

是的，我给社会节约人力物力，你们也已经知道了从我手里出去的学历有三千多本，这三千多个人都用它来获得相应的地位、工资、待遇。我对他们是有贡献的。再说了，这三千多个人给国家节约了多少人力物力你知道么？

记者笑笑说，我不知道。

"朋友"笑了一下说，将近三个亿。他边说边伸出被烟熏得焦黄的三个指头对着镜头点了点。王小丫觉得那三个肮脏的指头差点从屏幕里出来点到她的额头上。她想拿过遥控器换个台，但遥控器早已在乔红的手里。乔红用遥控器指着电视机里的"朋友"说，这纯粹是社会的搅屎棍子！社会的渣滓！败类！

王小丫的头皮发麻，赶紧转过眼神，硬着头皮看下去。

记者问，这个数字怎么出来的？

"朋友"不屑地看了一眼记者说，这还不简单，一个大学生一年的最低消费要两万多块钱，四五年下来就是小十万，三千个十万是多少？我这等于给国家节省了三个亿。

记者问，照你这么说，你造假还有理了？你想过没有，你使很多不具备真才实学的人充斥到社会的工作岗位上，甚至是重要岗位上，这会给社会的进步带来多大的危害，你还扰乱了国家的教育……

"朋友"说，我不这么认为，现在的教育本来就乱了，而不是我扰乱的，无章无序不是一年两年的事了，大多数的学校都在昧着良心办学，一句话就是想办法抠老百姓的钱，它才不管你交了钱以后学到的东西有没有用处呢！还不如我呢，我只要几百元钱就能帮他们弄一个对他们有用处的。

记者问，有一个问题我不明白，你为什么要保留那些买假文凭的人的资料，甚至有的扫描了他们的照片保留在你的电脑里？

"朋友"翻了下眼皮想了想说，也没什么，就跟老农民看自己庄稼地里的庄稼一样的，看看哪棵苗长得高，长得壮，就想看看他们到底能混个啥样。

王小丫感觉自己脖子后面的大筋被某只手抓住并使劲地往上揪起，她的整根脊梁柱一动也不能动！她预感到"朋友"也保留了她的资料，很可能也扫描了她的照片！她的照片很可能也在他的电脑里！很可能正在公安局里被很多的手指头指来点去。说不定有一天那些手指头会指到她的公司里，她的家里，会指到她的额头上……王小丫再也没有勇气看下去了，她鼓足勇气看着乔红说，妈妈换个台吧，不好看。王安南说，别换，看看，看看，这个人很有意思，他虽然在胡搅蛮缠，但他说的话还是有一点道理的。乔红看了一眼王小丫，瞟了眼王安南，用遥控器的角挠了挠左手背，那里有一个被蚊子叮过的红疙瘩。

记者问，看到了哪棵苗长得最高最壮了吗？

"朋友"说，有几个还真混得不错，还当官了呢！他对着镜头露出幸灾乐祸的笑容。

记者问，在这三千五百多个购买假文凭的人当中，有哪些人或者说哪一类人给你印象最深？

"朋友"沉思了一下说，这不好说，大部分人都是为了找口饭吃的，有一小部分人是为了升官晋级，也有的是为了让人家看得起自己，说白了就是用文凭抬高自己。

记者问，能举个例子么？

"朋友"说，有一个女的，她就买过三个文凭，一开始是为了混饭吃，后来她也发财了，发财以后按理说就用不着买文凭了，她还买，像她这种就是为了用文凭抬高身价吧？她还嫁了个大学教授呢，你别不相信，我去喝过喜酒呢！你能说我不是为社会做贡献么？如果我没有帮她弄文凭，她就找不到正儿八经的工作，更别说开公司发大财嫁大学教授了，说不定早成鸡了……

王安南哈哈大笑：真是笑话，我就不信她有胆量嫁给大学教授，嫁个个体老板还差不多，嫁给大学教授，那还不是到班门去弄斧？边说边拍了拍大腿。他的大学教授的大腿，发出很响的声音附和他的观点。

王小丫四肢发冷，浑身汗湿，她盼望着"朋友"突然死掉，永远地闭上他那张臭嘴！还有那个讨厌的四眼记者，赶紧闭上臭嘴！只要他们不说出她的名字，她相信总会有办法的，花些钱到公安局说说，把自己的名字抹掉就好。只要公安局不找到家里，乔红王安南王江山他们就不会知道。王小丫后悔没让王桂花杀死他，如果他被王桂花杀死了，或者他杀死了王桂花，他都难逃一死，他死了，他那张臭嘴就闭上了，就不会在电视里胡说八道了。

记者说，是不是这一个呀？和主持开心辞典的王小丫重名的这个？画面上出现了王小丫的名字。

王小丫只觉得眼前一黑。

乔红觉得眼前一黑。

王安南觉得眼前一黑。

王江山觉得眼前一黑。

王小丫多么希望自己的眼前永远黑下去。黑成黑夜里的一场梦。可是那黑只在眼前扭了扭嘲弄的身子就过去了。她的眼前是变了颜色的彩色世界！乔红的脸是紫红色的，一粒掉队的褐色的速效救心丸在她抖动的唇边毫无同情心地看着王小丫。王江山的脸变成青灰色的了，像下雪前的天空，他的手里是乔红的药瓶，一个精致的黄色的小葫芦。王小丫想看看王安南的脸色。想看看这个事情在他的心里引起了怎样的风暴。她扭过头，看见了黑色的脸——那是即将下冰雹的天空！和乔红在她的婚礼上的脸色一个颜色。王小丫感觉到，任何的解释都会使紫红天空掉下火焰，使青灰色和黑色的天空刮起暴风雪，下起冰雹来。她站起身来默默地走到门口。

王安南大喝一声，你难道不跟爸妈道个歉就离开吗？！他的声音严厉无情而干涩冰冷。王小丫第一次听见丈夫这样的声音，她的肩膀不由自主地在丈夫的呵斥声里打了个哆嗦。

乔红虚弱而讨厌地摆摆手说，她没有资格给我道歉，她不配站在我面前！让她走，永远都不要再踏进这个门！

王小丫转过身来想说对不起，可乔红眼睛里的厌恶让她把嘴边的道歉咽了下去，她看着乔红说，我知道你从一开始就看不起我，因为我出身农村，你认为我庸俗，现在你更看不起我，可是我到底有什么错？我是没有受过高等教育，可那是因为我不够聪明不够努力么？是因为我自己的错么？不是，就因为我们穷，我们没有你们城里人这么好的条件！我是买了假文凭，可那也是你们城里像你这样的人逼的！我凭着自己的努力开办了自己的公司，我就为了证明自己不比你们差！买文凭是我自己的事，我一人做事一人当，我也用不着给谁道歉！

王小丫说完，弯腰换上自己的高跟鞋走出去。

王安南不知道自己是该走还是该留，他清楚自己此刻在母亲的眼里已成为这个家的罪人，因为自己才使得母亲和父亲的一世英名蒙上了尘埃，使得他们颜面丢尽。他知道自己会遭受一顿臭骂，他犹豫着，不知道是否该离去。他想起王小丫怀着身孕，不知道自己是不是该追上去，照顾她。

乔红说，王安南你打算离开吗？你打算回去和那个弄虚作假的骗子继续过下去吗？

王安南说，我，我，她怀孕了，我……

我，我什么我？！我早就说过你是我这一生最大的败笔！看看你哪里还像个有血性的男人！被人家欺骗了这么久还没有原则，你那跟校领导较真儿的劲头呢？你那求真的精神呢？那实事求是的原则呢？我不是看不起农民，毛泽东还是农民出身呢，可我容不下骗子，我乔红的家里容不下骗子！我和你爸爸清白了一生，王安南你知道你妈妈是宁死都不会说假话办假事的人，"文化大革命"中只要我说一句假话就能免掉揪斗，我都没说！你在学校里坚持给学生不及格，影响了自己和校领导的关系，影响了你的晋升，你为的什么，还不是为的一个真字么！妈妈支持你！可怎么到自己的头上就站不稳立场了？这种人你还打算回去跟她过下去？她是怀孕了，可是这种人配给我们家延续后代吗？她配当母亲吗？她能孕育出优秀的孩子吗？！一个和他母亲一样庸俗一样善于欺骗的孩子我看不要也罢！王安南，你知道吗，现在全天底下凡是知道你的人都会笑掉大牙的，一个大学教授，为了学校文凭的含金量不受影响宁愿和校领导和学生闹僵被学生诬陷也不屈服的大学教授，竟然娶了一个用几百块钱买了假文凭冒充知识分子的女人，笑话啊，笑话啊！

王安南低头不语，他的脸色在王小丫的那番话里已有所缓和，却是不知道自己该怎样面对她。他不知道自己该何去何从。他说，这件事情我需要好好考虑一下。

乔红看着他的背影说，好吧，你自己好好考虑吧，今天晚上我们等你回来，如果你不回来，不打算结束这段丢人现眼的婚姻，你就永远都不要再回这个家了，我和你爸就等于从来没养过你。

王江山说，儿子，以往的事我都向着你说话，今天我说句公道话，你妈妈说得非常对，这件事情要是不结束，你以后就没法在学校里做人了。你的学生怎么看待你？你怎么再给你的学生教授求真务实的道理，你的同事你的领导怎么看你？学生还会相信你的真诚吗？再说了，我也觉得王小丫是很功利的，这种人你和她过下去，能幸福吗？好好想想吧！

48

　　王小丫第一次体会到了后悔莫及的滋味。如果自己不跟乔红较劲，不按下城市新闻频道；如果自己不报警，如果……王小丫想到自己努力经营的婚姻和爱情；想到王安南黑了的脸；想到那些骄傲的女人已经兴奋地聚在一起把她挑在舌尖上，像腌制咸菜一样把她浸泡在她们的唾沫里；想到自己热爱的这个城市，自己努力靠近的群体将抛弃她，嘲弄她；想到自己对父母对王耀祖的诺言将落空……王小丫绝望了——一个建筑师看着自己精心打造的大楼在风雨中坍塌了。心碎如粉。王小丫走到郊外，站在黄河的大桥边上，她有了一种跳下去的欲望。混浊的河水咆哮着，翻滚着，旋转着，或许仅仅需要一秒钟的时间就会把一切的烦恼抛开，转眼就能到了另一个世界——在那里，或许没有等级、没有出身、没有地位、没有贫富的差别，每一个人都轻松地存在着……可是真的会有天堂么？王小丫回头看看远处的城市，想到自己曾经看作天堂的地方。她的父母她的弟弟依然当作天堂的地方。她的眼泪如同河水汹涌而出……

　　一个气泡在她的肚脐下冒出，咚，一下。

　　又一个气泡，咚，一下。

王小丫开始并没有在意，尽管她的肚子里从未有过气泡冒出。远处河岸上，一个快乐的孩子和父母在放风筝，清脆的笑声牵动着王小丫的脖子扭过去看她。孩子。孩子！王小丫突然意识到她肚子里的动静不是气泡，而是她的孩子在动。

　　她的孩子在动！

　　她的天鹅！

　　王小丫抚摩着肚子，突然有了离开这条大河的动力！她对她的孩子说，妈妈并没有犯大错误，妈妈那是不得已，妈妈曾经很勇敢很能干很吃苦也很努力，让他们说去吧，他们又不能扎住我的口不让咱喘气了，对不？没什么大不了的……

　　王小丫从河边回来，到超市买了一袋子核桃，找不到锤子，就把核桃放在门框上，用门把核桃挤开。核桃裂开的声音从门缝里出来，撞在墙壁上，家具上，落在钢琴上，扬琴上，王安南的书上。王小丫用眼睛追踪着核桃的声音，她看见不久的将来，她的儿子坐在钢琴前，扬琴前，书桌前，她儿子的手优雅地摆弄着它们，弹奏出世界上最美妙的音符，写下世界上最美妙的旋律！她的儿子！她的天鹅，将在这所大学，这个城市里呼风唤雨，自由飞翔。

　　王小丫笑了。

　　从未有过的甜蜜。

　　在王小丫露出笑容前，赵历历慵懒地看着小拇指上的秦香莲笑了。

　　王红云也笑了，她笑得眼泪都流出来了，她擦着眼泪对着想象中的王小丫说，你个小能豆子，怎么把钓鱼钩子甩到自己嘴上了！

　　这个城市里的很多女人和男人都笑了。他们知道了在他们的城市里有一个和中央电视台漂亮的节目主持人重名的女人，她也很漂亮，她还很大胆很幽默，她竟然怀揣着假文凭嫁到大学教授家里。

夜深了，王安南从远处看着自己的家。他知道王小丫在等他回去。他不知道自己再看见她时，他的心还会不会像中午一样冰冷厌恶愤怒耻辱！他不知道自己应不应该用王小丫的贤惠能干温柔体贴，和她的功利她的世俗她的虚假搞一个换算，搞一个除式。不知道自己能不能将这道题解开，除尽，让它尾数是零，在他的婚姻生活里不留下后遗症。他不能确定。他看着自己亮灯到深夜的家，向留学生宿舍走去，他知道"黄里泛黑"的室友回国了，还有就是"黄里泛黑"不会和他谈论这个问题。

图书在版编目 (CIP) 数据

好日子就要来了 / 东紫著. —— 北京 ：北京十月文
艺出版社，2018.11
ISBN 978-7-5302-1859-4

Ⅰ. ①好… Ⅱ. ①东… Ⅲ. ①长篇小说—中国—当代

Ⅳ. ①I247.5

中国版本图书馆 CIP 数据核字 (2018) 第 184514 号

好日子就要来了
HAORIZI JIU YAO LAI LE
东 紫 著

出　　版　北京出版集团公司
　　　　　北京十月文艺出版社
地　　址　北京北三环中路 6 号
邮　　编　100120
网　　址　www.bph.com.cn
发　　行　新经典发行有限公司
　　　　　电话（010）68423599
经　　销　新华书店
印　　刷　三河市宏图印务有限公司
版　　次　2018 年 11 月第 1 版
　　　　　2018 年 11 月第 1 次印刷
开　　本　880 毫米 × 1230 毫米　1/32
印　　张　6.875
字　　数　153 千字
书　　号　ISBN 978-7-5302-1859-4
定　　价　36.00 元
质量监督电话　010-58572393
如有印装质量问题，由本社负责调换。